M. Paul Lacroix ([illegible] bibliophile Jacob)
[illegible] pouvait [illegible] Considérais qui
[illegible] catalogue [illegible] M. de
Gournay. [illegible]
[illegible]
avec Bordeaux.

LA CARLINE,

COMEDIE-PASTORALE.

De l'inuention d'A N T O I N E
G A I L L A R D, Sr de la Portencille.

Auec quelques autres pieces du mefme
Autheur.

A PARIS,

Chez I E A N C O R R O Z E T, au Palais,
deuant la Saincte Chappelle.

M. DC. XXVI.

Auec Priuilege du Roy.

A
MONSIEVR
LE BARON D'ARROS.

MONSIEVR,

Ces perſonnes ruſti-
ques qui s'entretien-
nent de leurs amours
icy dedans , n'auroient iamais le
coûrage de ſe faire voir plus auant
ſans voſtre ſupport, de peur que la
baſſeſſe de leurs paroles , eſgale à
celle de leur condition, ne les ex-
poſaſt au meſpris ; Ils implorent

4

donc voftre aide, & defirent d'aller par le monde fous voftre adueu,
& moy de n'y viure que pour vous
tefmoigner combien ie fuis,

MONSIEVR,

Voftre tres-humble &
tres-affectionné feruiteur,
A. GAILLARD.

SVR LES VERS COVLANS
de Monsieur Gaillard.

STANCES.

GAILLARD, *de qui les vers coulaus*
Comme des fleuues, vont roulans
Vn sable d'or dessus la riue;
Puis qu'on les void si bien courir,
Venans d'vne vaine si viue,
Iamais ils ne sçauroient mourir.

Le temps qui met tout à l'enuers,
N'a rien à voir dessus tes vers,
Coulants en d'espit de l'enuie:
Tes vers qui passeront par tout
Ne peuuent mesurer leur vie
Que du temps qui n'a pas de bout.

Ainsi comme on n'arreste pas
Vn fleuue qui haste ses pas,
Sortant d'vne source profonde,
Tes vers auront mesme pouuoir,

6

De passer viste par le morde,
Naissant de si profond sçauoir.

   Et comme ce fleuue glissant,
Sur le ventre à tout va passant,
De ce qui ses ondes arreste:
Ainsi tu feras renuerser
Tous ceux là qui te feront teste,
Afin qu'ils te laissent passer.

   Puis ayant mis au iour tes vers,
Qui couleront par l'vniuers,
Tous plains & d'honneur & de gloire,
Sans boire du flot oublieux,
Comme vn des fils de la Memoire
Tu t'en iras dedans les Cieux.

I. Costebadie.

ARGVMENT.

P A L O T , Berger, amoureux de Carlis, ou Carline, eſtant d'elle aymé reciproquement, ne reſpirent tous deux que l'accompliſſement de leur mariage. Quand vn autre Berger nommé Nicot (autant haï de Carline que Palot en eſtoit fauoriſé) de ialouſie, par le conſeil d'vne vieille, ſe propoſe de rompre ou alterer les mutuelles affections de ces deux amants, & s'en imagine le moyen en cette ſorte : C'eſt que Palot venant ſelon ſa couſtume à ſe coucher au frais , & s'endormir ſur le chaud du iour en quelque lieu champeſtre qu'il auoit accouſtumé de frequenter , iceluy Nicot perſuadera vne autre Bergere nommée Lyſete, d'aller trouuer Palot, qu'il demande à la voir , & qu'il l'attend: cette Bergere Lyſete, extrememenent paſſionnée & fole de l'amour de Palot (qui pourtant ne l'aymoit point) ne manque pas d'aller vers Palot, & folaſtre auec luy pendant qu'il dort

A iiij

ce que Palot fouffre, foit qu'il dormift profondement, ou qu'il creuft que ce fuft fa Carline. Cependant Nicot continuant la trame de fon mauuais deffein, court vers Carline, luy fait croire que c'eft tout de bon que Palot ayme Lyfete, qu'ils font couchez enfemble, & fe tiennent embraffez, comme il luy faict voir de loing; ce que voyant Carline, meurt ou peu s'en faut de defplaifir: Depuis Palot ayant rencontré Carline luy veut conter la folie & legereté de Lyfete, & le refus & mefpris qu'il en auoit faict: mais Carline le preuenant ne luy donne temps de parler, au contraire par fes plaintes & regrets le renuoye: de quoy Palot affligé outre mefure, vient defefperé, & fe refout à la mort. Apres cela Lyfete fe lamentant de la cruauté dont auoit vfé Palot, en luy repouffant fes carreffes, racontant auffi la trahifon de Nicot tout du long, tout eft entendu de Carline, laquelle ayant fceu par ce moyen la verité de l'affaire, & comme tout s'eftoit paffé, s'afflige & fe tourmente grandement d'auoir rebutté Palot qu'elle auoit tant chery, & l'auoit faict mourir fi miferablement, met peine à le chercher, & en fin le trouue dans vn antre fauuage, comme il eftoit preft à rendre l'efprit. Sur ce poinct arriue vn Siluain Dieu Ruftique,

lequel empefche non feulement la mort de
Palot, mais auffi de Carline, leur promettant
que par fon moyen ils auront raifon de Nicot,
qui feul eftoit caufe de leur defaftre, & tout
foudain s'en va trouuer ledit Nicot, auquel il
fait croire que Palot & Carline font morts, &
qu'il l'a veu de fes propres yeux : ce qui donne
dans l'ame de Nicot fi viuemét, que fe voyant
preffé & accufé par fa propre confcience, fe
veut donner d'vn poignard dans le corps, ce
qu'eftant veu par le mefme Siluain (qui s'e-
ftoit caché là prés pour voir ce que Nicot
deuiendroit) empefche de mefmes la mort
de Nicot, luy arreftant la main, & diuertif-
fant le coup. Le perfuade neantmoins d'en-
trer en cognoiffance de fa faute enuers Palot
& Carline, qui ne font point morts, comme il
luy effeure, ce que luy eftant accordé de Nicot, defia fort repentant, apres quelques paroles d'aigreur de Palot & Carline contre Nicot, le Siluain les reconcilie, à leur grand contentement, & pour rendre le mariage de Palot auec Carline du tout heureux, il met peine de marier Nicot auec Lyfere, & en vient à
bout. Finalement furuient Turquin le Satyre,
accompagné de la vieille Francine, laquelle
ne luy donne aucun repos, tant elle eft amou-
reufe de luy, iufques à ce que Turquin eft

contraint de luy promettre la foy de mariage, auec condition entr'eux accordée, moyennant laquelle ils demeurent aussi contents que les autres:& les voila tous mariez, hors-mis le Siluain, lequel tout ayse de l'ayse & felicité des autres, pour en auoir esté le promoteur, les incite à tesmoigner leur allegresse par danses & chansons, ce qui est incontinent effectué, se prenans tous en rond:& c'est la fin.

LES ACTEVRS OV
Entre-parleurs.

CARLINE, *Bergere.*
PALOT, *Berger.*
NICOT, *Berger.*
FRANCINE, *Vieille.*
TVRQVIN, *Satyre.*
LYSETE, *Bergere.*
LE SILVAIN.

LA CARLINE,
COMEDIE-PASTORALE.

ACTE PREMIER.
CARLINE. PALOT.

CARLINE.

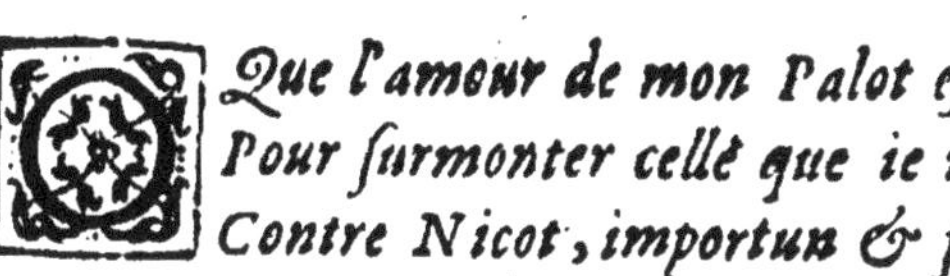

Que l'amour de mon Palot est douce!
Pour surmonter celle que ie repousse
Contre Nicot, importun & fascheux,
Ie ne voy rien qui soit esgal en eux.
Diuinitez! deuant vous ie proteste,
Que i'ayme l'vn, & l'autre ie deteste:
Car vous sçauez que sans comparaison,
Celuy que i'ayme est de riche maison,
Gentil, accort, d'vne grace naiue,
Plaisant en tout plus que Pasteur qui viue.
Il est heureux, & des plus estimez
De ceux qui font guerre aux loups affamez.

Ou par la force , ou par la piperie:
Pour le salut de nostre Bergerie:
Il n'est engin qu'il ne sçache employer,
Point d'animaux qu'il ne vienne à ployer,
Point de Berger si fort , qu'il ne rebutte
Lors qu'il s'adonne au plaisir de la lutte.

　　Ces iours passez pour me fauoriser
En m'appellant il me fit aduiser
D'vn gros Taureau que sa dextre nerueuse
Menoit captif dans la prée Amoureuse,
Deçà , delà , d'vn & d'autre costé,
Tant de son bras il l'auoit surmonté,
Tenant sa corne , & sa teste abaißée
Ia contre terre , au gré de sa pensée,
Le faisant suiure où son desir estoit,
Lors que le veau plus fort se tourmentoit:
Pitié ! de voir qu'en vain la pauure beste,
Pour eschapper combatoit de la teste.

　　Ce n'estoit pas que ie n'eusse grand peur,
Qu'il arriuast en cela du mal-heur
Sur mon Berger, & toute fremißante
Ie maudißois sa force trop puißante,
Me souuenant qu'autrefois Adonis,
Par vn sanglier vid ses beaux iours finis.

　　Qui me fit dire à mon Berger à l'heure,
Voyez-vous pas , ô mon tout que ie pleure?
Voyez-vous pas que ie meurs en pensant
Au grand peril qui vous va menaçant!

Coupez chemin au mal que ie ſupporte
De vous voir faire, ou vous me verrez morte.
Luy qui ne prend autre plaiſir qu'en moy,
Incontinent appaiſa mon eſmoy,
Quittant le bœuf, & venant d'allegreſſe
Pour me baiſer me nomma ſa maiſtreſſe,
Ie luy dis lors, Palot s'il eſt ainſi,
Que vous ayez de moy quelque ſoucy,
Conſeruez-vous pour celle qui reſerue
Pour vous ſa ioye, & pour vous ſe conſerue:
Parole i'eus de mon loyal Berger,
Qu'il n'entreroit iamais plus en danger,
Et ſe prenant à me baiſer encore,
Dit que ie ſuis la Nymphe qu'il adore:
Moy tout de meſme en ma ruſticité,
Luy reſpondis, que ma ieune beauté,
Si i'en auois guerdonneroit ſa peine;
Mais que l'amour des autres ſeroit vaine:
Depuis touſiours ie ne ceſſe d'ouyr,
Mille chanſons dont il me fait ioüir,
Pour celebrer les douces auantures
Qu'amour promet à nos nopces futures.
Il les eſcrit ſur l'eſcorce des bois,
Ou deuant moy les chante à plaine voix,
Ou les accorde au ſon de ſa Muſette,
En me baillant en depoſt ſa houlette,
Que ie luy garde, & la luy rends apres,
Pour en regir ſon troupeau dans les prez:

Mais il n'a pas du sien seulement cure,
Si donne au mien la mesme nourriture,
Et son troupeau & le mien est commun,
Comme son cœur & le mien ne sont qu'vn.
Face le Ciel que nos volontez sainctes
Ne soient iamais alterées ny feintes:
Ains en croissant tousiours auec le temps,
Palot & moy puissions viure contens,
Moy ie le suis, & rien plus ne m'offence,
Que d'endurer vne si longue absence,
Venez donc tost l'obiect de mes plaisirs,
Venez, Palot, Prince de mes desirs,
Deuers Carline, afin qu'elle vous voye,
Certes sans vous ie demeure sans ioye:

Palot en
tre.   *Hé! le voicy!*

PALOT.

Ma Bergere pardon,
Tout mon bestail i'ay mis à l'abandon
Pour vous trouuer, & maintenant tout aisé,
En vous voyant tout mon ennuy s'appaise.

CARLINE.

Berger, pour vous i'ay souffert mille ennuis,
Les iours sans vous me sont fascheuses nuicts,

S'entre
baisent.   *Maintenant donc approchez vostre bouche,*
Autre que vous à la mienne ne touche.

PALOT.

O Ciel benin à tout ce que ie veux,
Et le voulant accomplir tu le peux,
Seray-ie ingrat à tes bontez propices,
Dont les faueurs augmentent mes delices?
Ie ne voy rien qui me soit interdit,
Rien ne s'oppose, & rien ne contredit
A mon vouloir, mais entre les richesses
Que ie ressens, ô Ciel, de tes largesses,
Qui plus m'oblige, & qui me rend heureux,
C'est d'auoir eu ce baiser amoureux.

CARLINE.

Vous Deïtez Champestres & Rustiques,
Qui presidez dans nos forests antiques,
Qui me rendez tesmoignage euident
De vostre amour contre tout accident,
Guarantissant de tout mal-heur mes bestes,
Plus que iamais ie chommeray vos festes,
Non pour auoir ce bien receu de vous,
De les garder du pillage des loups,
De les tenir tousiours nettes & saines,
Et qui plus est bien couuertes de laines,
D'auoir aussi laiĉt en toute saison,
Et des aigneaux dedans nostre maison:
Mais bien de voir que par faueur & grace,
Vous me donnez le Pasteur que i'embrasse.
Vous, mes Amours, que i'ayme vniquement,

Vous me deuez seruir fidelement,
Sans abuser de mon amitié pure,
Aymant quelqu'autre, hé! ie vous en coniure.

PALOT.

Plustost mourir, ma belle, mille fois,
Que de flestrir l'honneur que ie vous dois,
Que d'oublier vos graces tant aymables;
Il n'en est point au monde de semblables,
Pour les choisir, & les vostres laisser,
En ce cas là ie puisse trespasser
Tout aussi tost, & mes bestes me suiure,
Si l'on me void autre que vous poursuiure;
Non, belle non, ie veux que les fureurs
Du creux Enfer me gesnent de douleurs,
Que Pluton mesme en son antre m'abysme,
Si d'autre amour ie fais aucune estime,
Et si la vostre à tout iamais ne tient
Place en mon cœur qui desia la contient.

CARLINE.

Sçachez aussi, mon Berger, que mon ame
Ne bruslera iamais d'vne autre flame;
Ie vous prefere à tous autres Bergers,
Soit des voisins, ou soit des estrangers,
Quant à Nicot, qui ne cesse à m'attraire,
Plus me suiura, plus luy seray contraire.

NICOT.

NICOT. FRANCINE.

NICOT.

Ne suis-ie point destiné de souffrir
Tous les mal-heurs qui se viennent offrir
Deuant les yeux d'vne pauure personne,
Que le remede & l'espoir abandonne,
Pour ne trouuer soulagement aucun
Dedans le monde, encore que commun.

De tant d'obiects que le Ciel illumine,
Rien ne me plaist que la belle Carline,
C'est vne fleur que nature, & le iour,
Ont faicte exprés pour la mere d'Amour,
L'ayant choisie entre tout leur ouurage,
Sans la pouuoir embellir d'auantage;
Car ses deux yeux qui n'ont point de pareils,
Sont mille iours & mille beaux soleils,
Où la faueur de la grace & du rire
Paroist beaucoup mieux qu'on ne sçauroit dire.
Moy cependant capable d'en auoir
La cognoissance, & priué du deuoir
Que me pourroit rendre ceste cruelle,
Suis sur le poinct d'aller mourir pour elle!
Et le destin qui me meine mourir
Me dit que c'est le moyen de guerir,
Il le faut donc? & vaut mieux que de suiure
Plus longuement ceste façon de viure,

B

Veu qu'en viuant ie souhaitte la mort,
Et qu'en mourant ie dois changer de sort :
Hé ! qu'il m'est grief de tenir ce langagè !
Carline, helas ! pardonne cette rage ;
Ie m'en desdy, ie veux viure tousiours
Pour te seruir en mes chastes amours,
Et trop content, si tu voulois Bergere,
Rendre vn petit ma peine plus legere !
Mais c'est en vain que ie tien ce propos,
Pensant helas ! donner quelque repos
A mon amour, qu'vne folle esperance
Guide tousiours d'vne mesme cadence,
Celle qui tient l'oracle dans nos bois,
La belle Echo, m'a predit maintesfois,
Que le mal-heur que maintenant i'endure,
Sans y faillir me feroit cette iniure,
Mais i'ayme mieux souffrir sa cruauté,
Que d'oublier vne telle beauté,
Approche toy Francine venerable,
Tu sçais combien Nizot est miserable !
N'est-il pas vray que Carline n'a pas
Plus grand desir que de voir mon trespas ?
Ains pour sçauoir l'ennuy que ie supporte,
Ne faut que voir ma face demy-morte.
Heureux Palot, si le Ciel en a faict
Sous la rondeur de son globe parfaict,
Il ne te chaut comme moy de la peine
Que peut donner vne amour incertaine.

FRANCINE.

Qu'est-ce Nicot ? es-tu donc amoureux ?

NICOT.

Ie suis plustost vn pauure mal-heureux,
Vuide d'espoir, & comblé de misere,
En poursuiuant cette rude estrangere,
Qui faict non plus conte de mes tourments,
Que des festus dimenez par les vents.

FRANCINE.

Ie cognoy bien à ta mine dolente,
Que deuant toy quelqu'ennuy se presente :
Mais il ne faut pour cela perdre cœur,
Les filles ont tousiours quelque rancœur
Sur les abords d'vne amour violente,
Pour faire voir qu'elles ont l'ame exempte
De tout desir, mais quand vient à leur tour,
Elles font ioüg aux poinctures d'Amour.

NICOT.

Francine point ! celle que i'ay seruie
Si constamment, n'aura iamais enuie
De me donner aucun allegement,
Carlis se rit de mon cruel tourment,
Et de tout ce que plus elle desire,
C'est de me voir tousiours en ce martyre,

Carlis se plaist de me voir souspirer,
Elle se rit de me voir endurer,
Et tous les vents de sa fiere arrogance
Donnent tousiours sur ma perseuerance,
Mais de tant plus que ie suis agité,
Plus il se void en moy de fermeté.

FRANCINE.

Pauure Berger, ie te plains, ie t'asseure,
Si ie pouuois te guerir à cette heure,
Ie le ferois, car en mes ieunes ans
I'ay ressenty mille soucis cuisans,
Comme tu fais, maintenant à la porte
De celle-là qui se maintient si forte,
Contre l'espoir que le Dieu Cupidon
En tes trauaux te promet pour guerdon.

NICOT.

Rien de promis, ny rien de veritable,
Ne peut changer la fortune indomptable
Qui contre moy coniure le trespas,
Faire pour moy Carlis ne voudroit pas
La moindre chose, en fin le mal-heur mesme
Me tient captif en vne peine extreme.

FRANCINE.

Arreste-toy, ne sois si despourueu
De iugement, car autresfois i'ay veu,
D'autres Bergers qui souffroient dauantage,
Desquels i'ay sceu diuertir le dommage

Par mes destours, & mes ruses qui font
Que quand ie veux tous les mal-heurs s'en vont.

NICOT.

Helas! voy donc combien est asseruie,
A ces mal-heurs ma miserable vie!
Et si tu peux me faire quelque bi●●
Tout mon auoir Francine sera tien,
Ayant receu de toy ce bon office,
Ie veux deuot t'offrir en sacrifice,
Pour recompense, vn bel Aigneau d'vn an,
Que ie gardois pour immoler à Pan;
Ie te tiendray desormais pour Deesse,
Si ie puis estre aymé de ma Maistresse
Par ton pouuoir, & iamais plus mes vœux
Sinon à toy presenter ie ne veux:
Car, ny mes yeux qui se fondent en larmes,
Ny la douceur de mes amoureux carmes,
Ny les deuoirs à Carline rendus,
Ny les regrets que i'ay tant espandus,
Ny de mon cœur la fidelité chere,
Ny le mespris de toute autre Bergere,
Ny le soin pris tousiours de son troupeau,
Ny le peril de maint rude coupeau,
Où i'ay grimpé souuentesfois pour elle,
N'ont peu fleschir cette rude infidele,
Tant de Palot elle a son cœur espris,
Que mes Amours ne luy sont rien au pris,

Palot auſſi ne veut aymer Lyſete,
Qui dans ſon cœur porte meſme allumette,
Ains la meſpriſe, & Carline touſiours
Entre ſes bras eſchauffe ſes Amours.

FRANCINE.

C'eſt aſſez dict, conioincts à ma parole
Le changement du mal-heur qui t'affole,
Et tiens pour vray, que dedans peu de iours
Tu trouueras à ton mal du ſecours,
Il m'eſt aysé de t'en donner l'adreſſe,
Pource Berger, ceſſe ton ennuy, ceſſe,
Et te conſole, en attendant de voir
Les prompts effects de mon iuſte pouuoir:
En ta faueur ie feray que Carline
Contre Palot vienne fiere & mutine,
Qu'elle le laiſſe, & le quitte ſoudain,
L'abandonnant d'vn ſuperbe deſdain,
Luy faire iniure, & d'vne rogue audace,
En l'abordant le quitter ſur la place;
Vien, & me ſuis, allons en quelque part
Pour te le dire vn peu mieux à l'eſcart.

ACTE SECOND.

TVRQVIN. LYSETE.
NICOT.

TVRQVIN.

E ſuis Turquin amoureux Satyrique,
Tout chatoüillé de l'ardeur qui me picque,
Ie bruſle tout, & ne puis ſupporter
Le mal d'amour, ſans toſt executer
Le rude eſſay de ma chaleur volage
Sur les beautez du plus proche village,
Pour amortir la chaleur de mes os,
Et ſans cela ie n'ay point de repos :
I'ayme par tout, ie frequente les riues
Des grandes eaux, & des fontaines viues,
Les plus hauts monts me ſont auſſi cognus,
Où ie preſide entre les Dieux cornus,
Fors que de Pan, à qui ſeul ie défere,
Comme eſtant Dieu que ma troupe reuere :
Par fois caché dans vn bois eſcarté,
I'emble ſubtil quelque icune Beauté,
Que ie ſurprends, ou pourchaſſe bien viſte
Quelqu'autre auſſi qui s'eſt miſe à la fuite,
Et qui deſia s'efforce d'accrocher
Le premier arbre, ou le premier rocher

B iiij

Qu'elle peut voir pour se sauuer agile,
Mais ma vistesse est beaucoup plus subtile,
Et rarement peut leur iambe esuiter
Le chaud desir qui me faict haleter:
Par fois aussi d'vne fole gambade,
Ie prends à bord mainte belle Naïade
Sortant des eaux, sans beaucoup de trauail,
Ny que ie sois pressé d'vn Corriual
Qui soit mortel, seulement les Silenes
Prennent plaisir à rire de mes peines,
Ialoux de moy, de me voir à l'entour
Tousiours parler, & discourir d'amour;
Mais ie ne puis à ces beautez exquises
Gueres parler, que ie ne vienne aux prises;
C'est mon humeur, nous sommes tous ainsi
Aiguillonnez d'vn boüillonnant soucy,
En poursuiuant tousiours nostre curée,
Ou dans vn bois, ou dedans vne prée,
Mais quel hon-heur se presente à Turquin?

Lysete estant entrée s'enfuit incontinent voyant venir vers elle le Satyre.
Puis reuient.

LYSETE.

Non, non vilain, non non sale bouquin!

LYSETE.

Ie n'en puis plus! ie tremble encore toute!
De ce bouquin (peut-estre qu'il m'escoute!
Ou bien qu'il est encores par icy)
Bien m'a seruy d'implorer la mercy

De la Deeſſe entre nous eſtimée !
Ce mal-heureux vilain m'euſt diffamée !
I'eſtois deſia tombée entre les mains
De ce Ribault, prodige des humains,
A qui ma main euſt tiré la mouſtache
Auant ſouffrir qu'il m'euſt faict cette tache.
    C'eſt toy Diane, où i'ay tout mon recours,
Qui m'as donné promptement le ſecours,
Ayant le ſoin de l'honneur des Pucelles,
Et ton pouuoir ne s'eſloigne point d'elles :
C'eſt vn Berger duquel le ſouuenir
M'eſtant fort cher m'a faict icy venir,
Sans que pourtant il vueille recognoiſtre
Mes volontez que ie luy fais paroiſtre,
Combien qu'il ſçait qu'à ſon occaſion
Mon pauure cœur bruſle d'affection :
C'eſt vous Palot ! deſdaigneux à merueilles !
Qu'à mes langueurs eſtouppez vos oreilles !
Qui vous mocquez de l'amour qui me poingt,
Et vous parlant ne vous eſmouuez point :
Mais bien Palot ! vn iour en ma preſence,
Les Dieux vengeurs puniront voſtre offence !
Las ! qu'ay-ie dit ! certes ie m'en repens,
Tous mes eſprits demeurent en ſuſpens ;
I'ay dedans moy le ſouuenir encore
De la beauté du Berger que i'adore,
Et ne croy pas que ma fidelité
En fin ne gaigne, & qu'il ne ſoit dompté

Par mes trauaux, & peines coustumieres,
Vous le voyez, ô celestes lumieres,
L'vne du iour, & l'autre de la nuict,
Le cruel mal qui sans cesse me nuit ;
Que me sert-il de faire icy mes plaintes ?
Amour tant plus me donne des attaintes,
Et prend plaisir à me martyriser,
Lors que l'espoir me veut fauoriser,
Voicy Palot ! certes le cœur me tremble !
Ce n'est pas luy, c'est Nicot si me semble.
Bon iour Nicot.

Nicot
entre.

NICOT.

Lysete Dieu vous gard,
Il ne faut point que vous ayez esgard
Au cours ingrat des saisons ia passées,
Qui vos amours ont mal recompensées ;
Vous auez eu du mal par le passé,
Mais maintenant ie me suis auancé
Pour vous porter vne bonne nouuelle
D'vn Pastoureau.

LYSETE.

Mon Dieu dittes-moy quelle.

NICOT.

Palot, celuy que les Dieux comme vous
Ont publié le plus parfaict de nous,

Comme de vray, la gloire qu'on luy donne
Sur les Paſteurs, eſt deuë à ſa perſonne ;
Apres auoir longuement reſiſté
Eſt de vos yeux maintenant ſurmonté,
Me diſoit il l'autre iour, ie vous iure,
Menant tous deux nos beſtes en paſture,
Soit que Carlis l'aye me contenté,
Ou vous ayez plus qu'elle de beauté :
Cela luy fut confirmé de ma bouche,
Car ſans mentir cette affaire me touche,
Et ie deſire, & pour vous & pour luy,
Que vous voyez s'il ſe peut auiourd'huy.

LYSETE.

Que dittes-vous ? helas eſt-il poſſible,
Que ce Berger de nature inuincible,
Change de cœur ? & vueille guerdonner
La pauure Lyſe, & l'autre abandonner ;
Voyez Nicot le ſuccez de l'affaire,
Ie ne croy pas qu'il s'en vueille diſtraire,
Sçachez le bien auant que me porter
Au deſeſpoir qui me fait tourmenter,
Dittes le vray Nicot ie vous ſupplie,
Ie ne croy pas que Carlis il oublie.

NICOT.

Mais vous deuez croire ce que ie dis,
Ie ſois tenu pour l'vn des plus maudits

Qui soient sur terre, ou dans les Enfers mesme,
Si son amour enuers vous n'est extreme.

L Y S E T E.

Est-ce de moy qu'il vous parloit alors?

N I C O T.

Ouy de vous sur l'ame de mon corps.

L Y S E T E.

Me nomma-il?

N I C O T.

     Ouy ie vous asseure,
Il vous nomma mille fois en vne heure.

L Y S E T E.

Et bien Nicot ie vous crois maintenant.

N I C O T.

Allons donc voir s'il se va pourmenant,
Ou si couché dans l'ombre il se repose,
Et vous verrez les effects de la chose.

C A R L I N E. N I C O T.

F R A N C I N E.

C A R L I N E.

Voila grand cas que cet outrecuidé
Vienne à me suiure, & se soit hazardé,

De me vouloir encores dauantage
Importuner, pour ſon propre dommage.

NICOT.

Belle attendez, ce ne ſont vos appas
Qui me font courre & redoubler mes pas,
Venant vers vous à preſent de la ſorte,
Ce n'eſt auſſi l'amour que ie vous porte
Ny que ie vueille en ce poinct allecher
Faueur de vous qui vous puiſſe faſcher.

CARLINE.

Hé! qu'eſt-ce donc?

NICOT.

*   C'eſt choſe d'importance,*
Palot qui fait breſche à voſtre conſtance.

CARLINE.

Comment Palot? que dis-tu?

NICOT.

*   C'eſt ainſi,*

CARLINE.

Nicot, va t'en retire toy d'icy.

NICOT.

Permettez-moy belle que ie vous conte
Ce que i'ay veu.

CARLINE.

        Ce seroit à ta honte,
Ne pense pas rompre nos volontez,
Ou contre toy nous serons irritez.

FRANCINE.

Certainement vous estes trop estrange,
Vous vous trompez, l'amour des hommes change,
Eux bien souuent les filles vont emblant
Par les attraicts de quelque faux semblant,
Ils sont rusez ; au lieu que les fillettes
Des villageois, sont bonnes & simplettes,
Cent ans entiers que ie tiens sur le dos,
Ne m'ont laissé que seulement les os,
Vous le voyez, mais auec l'impuissance,
Ils m'ont donné beaucoup de cognoissance
Sur les mortels, & la posterité
Vn iour sçaura que ie dis verité ;
Poursuy Nicot, pourueu qu'il ne vous greue,
Sans vous fascher permettez qu'il acheue.

CARLINE.

Dy hardiment.

NICOT.

        Belle vous le sçauez,
Le grand pouuoir que sur moy vous auez,
Sçauez-vous pas que nous sommes d'vn aage,

Et tous deux naiz dedans mesme village,
Proches voisins, il m'en doit souuenir,
Cela me fit amoureux deuenir,
Il a desia quelque nombre d'années,
Mais nos amours se sont mal terminées
Pour moy pauuret, qui du commencement
N'en esperois que de l'aduancement,
Faisant estat que comme nostre enfance,
Et nos amours auoient mesme naissance,
De temps en temps nos petites amours
Viendroient à croistre, & s'augmenter tousiours,
Comme de faict la mienne est paruenuë
De la façon qu'elle vous est cognuë:
C'est elle donc qui m'oblige si fort,
Que ie ne puis tenir caché le tort
Que l'on vous faict; d'vne iniuste finesse,
Palot pour vray trompe vostre ieunesse;
Il est certain, vous n'en deuez douter,
Amour luy fait vne autre frequenter,
Et croyez-moy que Lysete faict gloire
De luy donner, ou la pomme, ou la poire,
Auec luy rire à toute heure, & souuent,
Pour estre mieux vont à l'abry du vent:
Lysete lors laissant cheoir sa fusée,
Autant de fois est de Palot baisée,
Et dit-on plus que de ce renouueau,
Il n'a mangé de fromage nouueau
D'vne autre main, pourtant qu'elle fust nette

S'il n'estoit faict de la main de Lysete:
Ie ne puis pas de cela tesmoigner,
Mais d'auoir veu bien souuent s'esloigner
Ces deux Amans, & fuir les approches
D'autres Pasteurs, & dormir dans les Roches
En diuers lieux solitaires & loings,
Mes yeux l'ont veu mille fois pour le moins,
Vous trahissant de telle perfidie,
La verité permet que ie le die,
Ie ne veux pas pourtant que vous croyez
Ce que i'ay dit, que vous ne le voyez.

CARLINE.

Helas ie meurs!

FRANCINE.

Il en est quelque chose;
Tien mon baston, & sur luy te repose.

La vieille
luy offre
le baston:
mais pour-
tant Carlis
ne le prend
pas.

CARLINE.

Ha desloyal! est ce comme tu vis
Auecques moy d'vn attrayant deuis!
D'vn propos doux, d'vn affecté langage,
Pour me tromper? en as-tu le courage,
Meschant Berger, pour lequel ie viuois,
Si i'auois rien aussi tost tu l'auois,
Pasteur ingrat, osera ton audace
Vne autre fois venir deuant ma face?

Nicos

Nicot pourfuis, & paffe plus auant,
Qu'as-tu plus veu de ce fauffaire Amant
Qui mes amours rend ainfi prophanées?

NICOT.

Ie n'ay rien veu que leurs douces menées,
Non pas moy feul, mais cent autres Pafteurs
Vous en feront fideles rapporteurs ;
Et dit-on bien encores dauantage,
Qu'ils ont defia parfaict leur mariage,
Chacun le iuge à voir que priuément
En lieux fecrets vont ordinairement,
Et pour remede à l'amour qui les preffe,
Ils vont mettant carreffe fur carreffe,
Apres cela fe tenans embraffez,
Cueillent les fruicts de leurs trauaux paffez.

CARLINE.

Ha ie fuis morte!

FRANCINE.

Hé! non, ma fille efpere!
Sans te laiffer gaigner à la colere,
Ayant les Dieux Ruftiques pour amis.

CARLINE.

Nicot tu fçais ce que tu m'as promis,

C

34

Souuienne-toy doncques de ta promesse,
Me faisant voir l'iniure qui m'oppresse.

NICOT.

Ie le feray, les ayant descouuerts,
Comme autresfois sous les ombrages verts,
Ou dans le sein d'vne grotte sauuage,
Soudain vers vous ie feray le message.

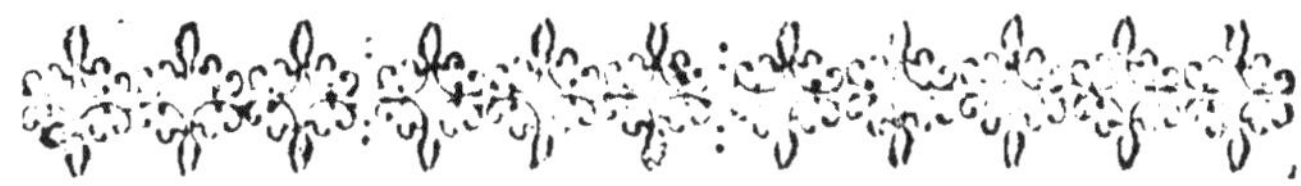

ACTE TROISIESME.
PALOT.

Oit-on Pasteur qui soit heureux au pris
Que l'on me voit au mestier de Cypris ?
Rien n'est esgal à mes douces fortunes,
Les facultez du Ciel me sont communes :
Les Dieux n'ont rien que ce iour ou demain,
Si ie le veux ne tombe dans ma main ;
Ce mesme Ciel rend mes bestes fertiles,
Et le labeur de mes deux bras vtiles,
Tout me succede, & iamais abusé
De mes desirs rien ne m'est refusé ;
Les Dieux des bois, tant qu'ils sont, fauorisent
Tous mes desseins, ou plustost les conduisent,
Ceux de là haut n'en estans exemptez,
Me vont comblant de leurs felicitez,
Non mal aucun de tac, ou clauelée,
N'a iusqu'icy ma peine reculée,
Faisant mourir mes brebis ou moutons,
De quoy Carline & moy nous confortons,
Et de bon cœur benissons leurs puissances,
Nous preseruant de toutes ces nuisances ;
Tous les humains qui sont sous le Soleil
Me font l'honneur de me voir de bon œil.

Homme qui soit (au moins qu'il me souuienne)
N'a iamais dit, Palot perte t'aduienne,
Ou voye-t'on ta fortune empirer,
Ce qui nous faict auiourd'huy prosperer,
Estans benits & des Dieux, & des hommes,
Carlis & moy, viuans comme nous sommes,
Dés le matin menant nostre troupeau,
Ou dans les prez, ou sur le bord d'vne eau,
Ou sur vn tertre, ou dans vne cauerne,
Selon que l'herbe, & le temps nous gouuerne :
Nous recherchons les lieux les plus secrets,
Carlis & moy, pour faire nos regrets,
Mais quels regrets ! des heures qui se passent
Sans employer les rets qui nous enlacent,
Et les moyens que le fils nous fournit,
Lors que Venus de sa main nous benit,
D'auoir laissé perdre quelque iournée,
Sans nous trouuer à la part assignée :
Mais ce defaut ne vient que rarement,
Nous aurions trop de mescontentement
Si nous laissions eschapper en arriere,
Le cher plaisir d'vne iournée entiere :
Nostre amitié si fort nous tient liez,
Que l'vn pour l'autre en sommes oubliez.
Certainement ie m'ayme à cause d'elle,
Et m'en rapporte aux deux bessons de Dele,
Qui voyent tout, & qui sçauent aussi,
Sans se bouger, ce qui se fait icy,

Ils font tefmoings que pour rendre accomplie
Noftre amitié, Carline auffi s'oublie
Pour fon Palot, qui feul eft fon appuy,
Ne s'aymant point que pour l'amour de luy,
Gardant pour luy fes volontez pudiques,
Contre l'effort des Satyres iniques,
Et des Bergers, qui font à l'enuiron,
Voulant fouler fa cotte ou fon giron;
Carlis eft belle! il faut que ie confeffe
Que fon amour feulement ne me bleffe,
Ou me tient pris, mais ce font de fes yeux
Doux & benins, le regard precieux,
Ou les boutons de fon fein qui tremblotte,
Ou fon menton, lors que ie le baifotte,
Ou les honneurs de fon teinct verdelet,
Eftant meflé de rofes & de laict,
Ou fes cheueux qu'à toute heure ie conte,
Ou fon parler qui tout autre furmonte;
Son col gentil faict d'yuoire poly,
Son port doüillet, fon em-bon-poinct ioly,
Son doux maintien, fa grace charmereffe,
Et de fa voix la douceur flatereffe;
Bref n'ayant rien en elle d'imparfaict,
En la voyant ie fuis trop fatisfaict.

Ce n'eft pas tout, elle porte vn vifage
Qui me reffemble vn Aftre qui prefage
Quelque faueur d'vn Prince fouuerain,
Ou la beauté d'vn iour clair & ferain,

Ses mains, ses doigts, sont à l'esgal du reste,
Et pour la fin rien qui ne soit modeste,
Et qui ne donne à sa virginité
Le vray crayon de la pudicité,
Qui faicte esgale à la rose espanie,
Veut que bien tost ma peine soit finie
Par vn hymen qui couue nos plaisirs,
Et dont l'espoir augmente mes desirs.

   Ce sera lors, ô demy-Dieux champestres,
Qui vous couurez de chesnes & de hestres,
Et qui viuez pesle-mesle confus
Dans les forests, ou dans les bois touffus,
Faunes, Siluains, & Nymphes Oreades,
Pans, Aegypans, Napées, & Driades,
Qu'à ce festin vous serez inuitez,
Laissant les lieux où vous tous habitez,
Et sans chercher de pompe courtisane,
Vous trouuerez dedans nostre cabane,
Où tout le iour mille ieux nous ferons,
Où dans le frais du soir nous danserons,
Thirsis fera du vent de sa cheurette
Enfler le sein de mainte Bergerette,
Sautant à force, & sur le serpolet
Nous bondirons au son du flageolet,
Mille chansons qu'on n'a iamais escrites
Dans le troupeau sur l'heure seront dites,
Chacun faisant la sienne à sa façon,
Tout aussi tost luy baillera le son.

En tous nos ieux il n'eſt point d'artifice,
Au demeurant nous viuons ſans malice,
Sinon Nicot, qui ialoux grandement,
Meurt de deſpit de mon contentement,
Et qui feroit s'il pouuoit de l'outrage
Au nœud ſacré de noſtre mariage :
Mais que luy ſert ſa rage ſur ce point,
Car en vn mot Carlis ne l'aime point,
Elle m'a dit mille fois en ſa vie,
Qu'en vain Nicot me portoit de l'ennie,
Le pauure ſot aueuglé cependant
N'en veut rien croire, & pourſuit d'abondant,
Mais les effects de nos nopces prochaines
De ſes amours diſſiperont les chaiſnes.

　Ie m'esbahis que ma belle ne vient,
Elle eſt en peine & de moy ſe ſouuient ;
Ouy de langueur Carlis eſt eſplorée
En quelque part qu'elle ſoit demeurée,
Et ſuis certain que ſans beaucoup tarder
En ces quartiers me viendra demander ;
Ie m'en vay donc icy deuant l'attendre,
Car auſſi bien le ſommeil me va prendre.

Nicot eſtant entré s'en ré-tourne in-continent chercher Lyſete, ayant apperceu Palot qui dormoit, puis reuient auec Lyſete : mais il faut qu'il y ayt quelque eſpace entre deux pour don-ner temps à Palot de s'endormir, & à Nicot de trouuer Lyſete.

C iiij

NICOT. LYSETE.

NICOT.

C'eſt maintenant, Lyſete, que tu dois
Voir de tes yeux l'heur que tu pretendois,
Voicy deuant ton Palot qui ſommeille,
Va le trouuer, & luy baiſe l'oreille.

LYSETE.

Ie n'oſerois de peur de l'eſueiller.

NICOT.

Laiſſe-le donc vn petit ſommeiller,
Te tenant prés, ſçachant qu'il ne demande
Que de te voir d'vne volonté grande;
Depuis le iour que ie t'en aduertis
Il cherche à voir ſes trauaux amortis
Par ton moyen, va doncques, & le baiſe,
En s'eſueillant il en ſera tout aiſe,
Et les accueils n'en ſeront que meilleurs,
Quant eſt de moy ie me retire ailleurs.

Nicot ſort encore pour cher-cher Car-line.

LYSETE.

Que dois-ie faire en ce poinct incertaine?
Mon cœur eſgal au flot d'vne font-

Tremblotte tout, & l'eſtomac pantois
Craint que Palot ne ſoit pas plus courtois
Que cy-deuant, ô Deitez ſupremes,
Conſeillez-moy dans ces peines extremes :
Iray-ie donc vers mon Berger qui dort ?
Tant plus ie tarde, & tant plus i'ay de tort,
Voyant celuy qui pour ſienne m'aduouë,
N'iray-ie pas pour luy baiſer la ioüe ?

   Ne veux-tu pas cruel à mes tourments,
Cueillir le fruict de mes embraſſements ?
Ne veux-tu pas, ô Berger, que ie ſente
Le doux plaiſir que le temps nous preſente ?
Palot ! Palot ! Du monde il eſt diſtraict,
Ou n'eſt-ce pas d'Adonis le pourtraict,
Lors que Venus à ſes pieds endormie
Luy conſacroit les denoirs d'vne amie ?
Fole ie ſuis, ie perds le iugement,
En contemplant ſa face ſeulement,
Que la beauté rend toute lumineuſe,
Et la baiſant, ne ſuis-ie pas heureuſe ?
Mais il ne faut tenir plus ce propos,
Ie troublerois peut-eſtre ſon repos,
Contentez-vous, ô Bergere indiſcrete,
D'auoir au cœur vne flamme ſecrette,
Sans eſuenter vos deſirs bouillonnans,
Si ſes deſſeins ne ſont pas conſonnans,
Il faut pluſtoſt en auoir la ſcience,
Que d'attenter contre la patience,

Alors s'approche tout a faict de luy & le baiſe, ſe couchant auprès.

Le baiſe.

Arreste-toy, Bergere, arreste-toy,
Nicot pour luy rend preuue de sa foy,
Pour mitiger tes cuisantes blessures,
Et quoy que soit il faut que tu l'endures;
Il se faut bien garder d'outrepasser

Continuë
touiours
à le baiser.   *En le baisant neantmoins sans cesser.*

NICOT. CARLINE.
FRANCINE.

NICOT.

Nicot
reuiét auec
Carline, à
laquelle il
monstre à
l'autre
bout de la
salle Palot
& Lylete
couchez
ensemble,
& Lylete
qui baile
Palot en-
dormy.
La vieille
aussi est
auec eux.

Et bien Carline? & bien que vous en semble?
Ces deux Amans ne sont ils pas ensemble?
Il a long-temps que ie les auois veus
Au mesme lieu rire & gaudir tous deux,
Ce qui m'a faict courir en diligence
Vers vous mon cœur, pour en prendre vengeance,
Et delaisser ce traistre qui vous faict
A vostre nez, vn si cruel mesfaict,
Aymez-moy donc qui n'ay point de feintise.

FRANCINE.

Ce vous seroit vne grande sottise
De vous laisser plus long-temps abuser;
Vous le deuez certes fauoriser,
Et croyez-moy, que de vous il merite
Vne faueur qui ne soit pas petite.

CARLINE.

Nicot ie meurs ! tien moy ! ie n'y voy pas,
Ie suis, Nicot, prochaine du trespas,
Emportez moy, ie ne sçay que respondre,
Tous les mal-heurs viennent pour me confondre.

NICOT.

Non, mes amours, courage, resistez
A la douleur, seulement desistez
D'aimer Palot, qui traistre s'abandonne
Enuers Lysete, & son amour luy donne,
Vous le voyez ; elle meurt que ie croy :
Aydez, Francine, à l'emporter chez moy.

En cet en-
droit Car-
lis se laisse
tomber
comme en
pasmoison
& l'em-
portent.

LYSETE. PALOT.

CARLINE.

LYSETE.

C'est trop baiser, mon amour violente
Passe plus outre, & veut que ie le tente ;
Vn iour entier m'est au lieu d'vn moment,
Ie ne sçaurois patir plus longuement,
Palot.

Lysete qui
est tou-
siours à
l'autre
bout de la
salle re-
prend son
discours.

PALOT.

Croyant
que c'eſt
Carlis Pa-
lot luy reſ-
pond , fai-
ſant les ge-
ſtes , côme
quand on
commêce
à ſe deſen-
gourdir
d'vn pro-
fond ſom-
meil , ſe
frottant
les yeux.

Carlis ?

LYSETE.

Ha ! ie ſuis miſerable !
Nicot trompeur me repaiſt d'vne fable,
Ie ſuis Lyſete.

PALOT.

Hé ! Lyſete comment ?

LYSETE.

Celle ie ſuis qui meurt en vous aymant.

PALOT.

Toy fole ! toy ! à quel propos , ie cuide
Que ton cerueau ſoit de iugement vuide ,
Hé ! qui te cherche ?

LYSETE.

O Berger rigoureux !
Mon cœur vrayment eſt bien fort langoureux :
Mais ſans Nicot , ie n'euſſe outrecuidée
La grauité de vos yeux abordée ,
Ie redoutois touſiours voſtre rigueur ,
Et plus Nicot animoit ma vigueur

Enuers l'amour que pour vous ie reuere,
Plus ie craignois voftre face feuere.

PALOT.

Pourquoy Nicot? de quoy fe mefle-il?

LYSETE.

Ie ne fçay pas, mais il fut fi fubtil
De me venir conter que d'affeurance
Voftre vouloir fuiuoit mon efperance,
Que vous auiez voftre cœur diuerty
D'aimer Carline.

PALOT.

O qu'il en a menty!

LYSETE.

Ie le voy bien, ie blafme ma fimpleffe.

PALOT.

Hé! le rusé, c'eft vn traict de foupleffe,
Il faict meftier de tromper toutes gens,
Autant les grands que les plus indigens,
Ce mal-heureux n'eft aimé de perfonne,
Et c'eft pourquoy fon beftail ne foifonne,
C'eft grand pitié que de voir fon troupeau,
Il n'a plus rien que les os & la peau:

Mais toy qui veux esprouuer ma constance,
Retire toy de deuant ma presence:
Il a long-temps que mon espoir ie mets
En autre lieu pour ne changer iamais.

LYSETE.

O Ciel cruel à mes tristes complaintes!
Rigueurs d'embas, n'estes-vous pas contraintes
D'auoir pitié mesmes dans les Enfers
De tant de maux qu'auiourd'huy i'ay soufferts!
C'est rien, pourueu qu'en ma peine infinie
La trahison de Nicot soit punie.

PALOT.

Elle s'en va la pauurette gemir,
Pour mon regard, ie ne veux plus dormir;
Ie veux chercher Carlis en toutes places,
Pour luy conter de Nicot les fallaces,
Et les moyens par Lysete employez,
Pour triompher de mes sens desuoyez,
Elle rira de son plaisant martyre,
Car à railler souuent elle m'attire,
Prenant plaisir à m'ouyr raconter
Quelque bon traict qui la peut contenter;
Et de cecy l'histoire en est plaisante;
Ie suis marry de ce qu'elle est absente,
Ou que bien tost ie ne la puisse voir,

Pour tout ſoudain le luy faire ſçauoir ;
Que voy ie la ? c'eſt elle d'auanture !
Voyons vn peu.

CARLINE.

Luy leuë le voile dont elle s'eſtoit af-fublée en teſmoi-gnage de triſteſſe.

    Va meſchant , va pariure !
Contente toy que ta deſloyauté
Ayt abusé de ma fidelité ;
Sans me venir de malice obſtinee,
Haſter la mort que le Ciel m'a donnée,
Et que ie tien deſia dedans mon ſein,
Pour accomplir mon funebre deſſein ;
Contente toy que ta face infidele
Voye le cours de ma peine mortelle ,
Sans deſtourner par ta temerité
Les prompts effeéts de la fatalité ,
Qui de ma vie a prorogé la trame,
Tant ſeulement pour accuſer ton ame ,
Et pour crier vengeance à tous les Dieux ,
Comme ie fay de ton crime odieux :
Retire-toy , Lyſete te demande ,
Va la trouuer où ſa loy te commande ,
Ne me ſui pas , Palot ne me ſui pas ,
Si tu ne veux auancer mon treſpas ,
Ie te requiers que plus ie ne te voye,
Contente toy, ie ne ſuis plus ta proye,
Ou ſi tu veux encore vn coup me voir ,
Auant cela, Palot, tu dois ſçauoir ,

Palot s'ap-proche, & met peine de parler & ſe iuſti-fier.

Carline Que pour finir le mal que ie supporte
sort. Dans vn rocher tu me trouueras morte.

PALOT.

Dieux qu'est-cecy! ie meurs! certes ie meurs
Ie ne sçaurois assez verser de pleurs,
Tant le départ de Carline outragée,
Comme elle croit tient mon ame affligée:
Ie veux mourir! mais ce n'est pas assez
Que d'estre mis au rang des trespassez,
Pour satisfaire à ses douleurs ameres,
Qui vont naissant de ses vaines chimeres;
C'est vn rapport mal-heureux & maudit,
Pris de quelqu'vn que l'Enfer applaudit,
Heureux! au moins, si Carlis ma deffence
Eust escoutée, auec mon innocence:
Ie quitte tout, & mes gemissements
Ne peuuent pas exprimer mes tourments,
Et pour la fin du mal-heur que i'endure
Vn rocher creux sera ma sepulture.
Adieu Bergers, mes plus chers compagnons,
Adieu les chiens de garde, mes mignons,
Adieu ruisseaux, Adieu belles prairies,
Adieu sommets, Adieu riues fleuries,
Adieu valons, Adieu bois ombrageux,
Adieu Siluains aux Nymphes outrageux,
Adieu vous tous qui me souliez cognoistre
Dans les forests, quand ie venois paroistre

Dés

Dés le matin y menant mes moutons ;
Adieu deserts, Adieu petits grottons,
Adieu rochers des Nymphes le repaire,
Adieu bestail que ma main souloit traire,
Adieu bouquets que Carlis m'a donnez,
Adieu baisers à mon mal destinez,
Adieu plaisirs de la rustique vie,
Que i'ay depuis ma ieunesse suiuie ;
Adieu gazons entassez proprement
Pour le seiour de nostre esbatement ;
Adieu des eaux le doux coulant murmure,
Ie quitte tout puis qu'il faut que ie meure !

S'en va resolu de mourir

LYSETE.

O Ciel vengeur des torts que l'on commet !
C'est en toy seul que mon espoir se met,
Et mes regrets venus à ta notice,
Contre Nicot pour en auoir iustice !
Il m'a deceuë, ou moy me deceuant,
Mes desplaisirs sont pires que deuant :
Meschant Berger, ta ruse piperesse
Comble auiourd'huy mon ame de tristesse,
Peut-estre vn iour si ie n'eusse hazardé,
Palot m'auroit quelque bien accordé :
Mais mon ardeur du tout precipitée
Rendit tant plus sa colere augmentée,
Ie ne pouuoy moins faire que cela,
Lors que Nicot me dit, tien, le veila

D

Seul qui t'attend, Lyse va-t'en, approche,
Ie n'auois l'ame ou le cœur d'vne roche,
Pour n'aller point d'vn pas delibré
Iouyr d'vn bien qui m'estoit asseuré,
Comme Nicot me le faisoit entendre,
Mais le bourreau, ie le puisse voir pendre,
De m'auoir faict vn acte si vilain,
En conspirant de m'amuser en vain.

 Quant à Palot, sa rigueur est estrange;
Mais contre luy mon cœur point ne se vange,
Ie luy remets sa faute volontiers,
Car enuers luy mes desirs sont entiers;
Quelque peril que mon cœur puisse craindre,
Sa cruauté ne les sçauroit enfraindre,
Viue Palot au gré de mes souhaits,
Sans amener les refus qu'il m'a faits,
Ny le tourment qui sans cesse m'afflige,
Le souuenir de son amour m'oblige
De n'en auoir aucun ressentiment;
Peust-estre vn iour fera-il autrement,
Carlis n'est pas pour estre tousiours sienne,
Ny sa rigueur pour estre tousiours mienne,
Rien ne se voit qui ne change à son tour,
Soit tost ou tard, mesmement en amour,
Puisse aduenir que son ame cognoisse
Combien a tort il me donne d'angoisse.

CARLINE.

Qu'ay-ie entendu ! quel eſt ce changement
De mon malheur ! il eſtoit autrement,
Le deſeſpoir tourmente ma penſee !
N'eſtoit-ce pas Lyſete courroucee
Contre Nicot ! n'ay-ie pas eſcouté
De ſon diſcours toute la verité;
Ie vey fort bien que c'eſtoit vne ruſe,
Et ma rigueur demeure ſans excuſe,
D'auoir porté mon Palot au cercueil,
Pour le ſemblant de quelque faux accueil;
Lors qu'en dormant cette Bergere fole,
L'entretenoit ſans en tirer parole,
Par des baiſers qu'en vain elle cueilloit,
Pendant le temps que Palot ſommeilloit:
Ha malheureuſe ! ha maudite Bergere!   Se frappe
l'eſtomac.
D'auoir eſté ſur l'heure ſi legere,
De ne vouloir l'ouyr, & m'en aller
Lors que Palot s'efforçoit de parler,
Pour ſe purger contre cette impoſture;
N'eſtoy-ie pas de peruerſe nature!
Mais bien Palot cet horrible peché,
Sera bien toſt de mon ame arraché,
Si par la mort que le Ciel m'a permiſe,
Ie puis purger ma laſcheté commiſe: Se frappe
encore
plus fort &
s'arrache
les che-
ueux.
Meurs, meurs Carlis ! la mort eſt ton guerdon,
Mais ie voudrois te demander pardon,

D ij

Mon cher Palot ! c'est toute mon ennie ;
Si ie sçauois que tu fusses en vie,
Auant mourir ie voudroy bien te voir
Encore vn coup, pour te faire sçauoir
La grand' douleur que mon ame a soufferte
D'auoir esté la cause de ta perte :
Palot ! Palot ! n'es-tu pas, cher amy,
En quelque lieu pour iamais endormy ?
Ne suis-ie pas miserable & chetiue,
Mille fois plus que Bergere qui viue ?
Ce seroit peu de mourir par le sort,
Si tu mourois d'vne commune mort,
Mais i'en suis cause, helas ! par ma malice !
Certes le faict aggraue le supplice.

Pluton qu'on voit aux Enfers adorer,
Venez bien tost, venez me capturer,
Vous qui portez des serpens à la teste
Pour des cheueux, venez, mon heure est preste !
Venez-y tous, ô Dieux vindicatifs,
Troubler mes iours mal-heureux & chetifs,
Et ne donnez de relasche aux poinctures
Que mon corps sent par toutes ses ioinctures,
Ma voix fragile à cela vous semond,
Par ses eslans qui volent contre-mont.

Non, differez, souueraines puissances,
Le coup qui doit expier mes souffrances,
Iusques à ce que mes deux yeux ternis,
De mon Berger soient cognus & benis,

Et qu'il ayt pris pour vn tel malefice.
Entre ses bras ma vie en sacrifice,
S'il n'est encor' des Enfers citoyen,
Au rang des morts, & si i'ay le moyen
De le trouuer auant qu'il ne trespasse,
Ie prie Dieu qu'il m'en face la grace.

D iij

ACTE QVATRIESME.

NICOT. SILVAIN.

NICOT.

E suis troublé de mille penſemens,
Qui dedãs moy croiſſent à tous moments,
I'auois Carlis à m'aimer coniurée,
Mais ſon amour n'a point eu de durée,
Tout auſſi toſt qu'elle m'euſt delaiſſé
De ſon eſprit mon nom fut effacé,
Pour ſon Palot qu'à l'aimer continue,
Et dict on plus que ma ruſe eſt cognue,
S'il eſt ainſi ie me verray perdu,
Sans recueillir le loyer attendu,
Ains au rebours ils me feront la guerre,
Sans me donner du repos ſur la terre.
  A dire vray, ce n'eſt pas peu de cas,
Que d'auoir faict cet iniuſte pourchas,
Et de tromper à la fois trois perſonnes,
Mes actions ne ſont belles ny bonnes,
Et contre moy Dieu ſe courroucera,
Touſiours faut-il ſçauoir que ce ſera,

Que voy ie là? c'eſt vn homme qui paſſe,
He! mon amy ne bougez de la place,
Arreſtez vous, ſi plaiſir vous prenez
De me conter de quel lieu vous venez.

SILVAIN.

Ie viens d'vn lieu malheureux & champeſtre,
Où pour beaucoup vous ne voudriez pas eſtre.

NICOT.

Comment cela!

SILVAIN.

Pour autant que i'ay veu
Des accidens qui m'ont bien fort dépleu:

NICOT.

He! qu'eſt-ce là?

SILVAIN.

C'eſt choſe deplorable,
Et dans le monde à iamais memorable.

NICOT.

Dictes le donc!

SILVAIN.

Vn Berger qu'on nommoit
Palot, eſt mort, & celle qu'il aimoit,

D iiij

I'appris le nom de tous deux par leur bouche,
Estans ensemble en leur funeste couche.

NICOT.

Que dictes-vous?

SILVAIN.

Croire vous le deuez.

NICOT.

Helas mon Dieu, comment, vous le sçauez!

SILVAIN.

Ie le sçay bien, & vous le deüez croire.

NICOT.

Faictes donc tost, racontez-moy l'histoire.

SILVAIN.

De bon rencontre, (ou plustost par mal-heur
Car sans mentir i'en ay de la douleur,)
I'allois passant à quelque traict de fonde
Du trou beant d'vne cauerne ronde,
Où cent Pasteurs se fussent hebergez;
Si par bon ordre ils se fussent rangez:
I'entends le cry d'vne personne triste,
Pour la trouuer sa voix me sert de piste;

Ie m'en approche, & ne suis pas dedans
Que i'appercoy ces cruels accidens :
Palot estoit à trois pas de la porte,
Et prés de luy Carline demy-morte ;
Palot estoit tout de son long couché,
Elle a genoux luy disoit son peché,
Et l'esmouuant par son humble priere,
La face en bas se frappoit d'vne pierre :
Ie recognus qu'vn Pastoureau c'estoit,
A la facon des habits qu'il portoit,
Ayant posé là prés sa panetiere,
Dont la mangeaille estoit encore entiere,
Sans qu'il en eust ny peu ny prou masché,
Car ie le vids, m'en estant approché ;
Ie vids aussi sa houlette gentille
Faicte autresfois d'vne main fort subtile,
Elle estoit belle, & riche voirement,
Ayant aux bouts entaillez proprement
Vn petit chien, qui sembloit faire feste,
Et deux Beliers qui choquoient de la teste,
Le bois estoit de la couleur de buis,
Garny de plomb, il m'en souuient depuis.

NICOT.

La panetiere ?

SILVAIN.

Elle estoit mouchetée ;

Faicte de peau de chevreul apprestee.

NICOT.

Tu ne ments point , i'ay veu cela souuent
Entre les mains de Palot cy d.uant.

SILVAIN.

Lors que ie vins aborder cette roche,
La triste fin du Berger estoit proche,
Pour estre là venu premierement,
Et pour auoir pati plus longuement
Que (a Carlis , i'en eus la cognoissance
Far les propos tenus en ma presence:
Carline vint à dire à son Berger,
Puis que le Ciel me veut tant affliger,
Mon cher Palot , que de vous vouloir prendre,
Prenez les voeux que mon cœur vous va rendre,
Ne pensez pas que ie vueille esuiter,
Les griefs tourments qui me font lamenter,
Et m'ont liuré de si rudes secousses,
Leurs cruautez ne me sont que trop douces;
Ie vous requiers que le peché commis,
Tant seulement par vous me soit remis
Auant ma mort , qui doit la vostre suiure,
Et qu'apres vous ie ne puisse plus viure;
Si vous voulez ma foy recompenser,
A mon forfait ne vueillez plus penser,
Ains receuoir ma vie pour offrande,

Palot! mon tout! he! ie vous le demande!
Ie vous requiers que vous me faiſiez voir,
Les prompts effects de ce dernier deuoir,
Si i'en ſuis digne, & que voſtre clemence
Reçoiue en gré ma triſte penitence:
Helas! combien i'endurerois de morts,
Si ie pouuois en reparer les torts
Qui vont cauſant noſtre commune perte!
Que des Enfers la gueule fuſt ouuerte
Pour m'engloutir, moyennant que ma fin
Par ce moyen appaiſaſt le Deſtin;
Ie le voudrois, mais en vain pauure infame,
Tu vas troublant le repos de cette ame!
Alors Palot ſe mouuant teſmoignoit,
Que ſa Carlis encores il plaignoit,
Elle par fois demeuroit quelque eſpace
Sans plus parler, & luy baiſoit la face;
Ils ſouſpiroient tous deux en ſe voyant,
Et de leurs pleurs mouroyent, en ſe noyant:
Palot encore eut moyen de luy dire,
Belle, ta mort ie te veux interdire,
Ne commets point ce coup pernicieux,
Attends ma mort, & me ferme les yeux,
Ton cœur entier de beaucoup me conſole;
A meſme inſtant il perdit la parole,
Et toſt apres mourut tout doucement,
Carline alors cria tout hautement,
Adieu mon cœur qui vas dans les lieux ſombres,

Chercher repos entre les vaines ombres :
Adieu mon tout que ie soulois baiser
Au chaud du iour, venant nous reposer
En tant de lieux destinez à ma ioye,
Encore vn coup il faut que ie te voye,
Que ie t'embrasse, & te baise cent fois,
Auant la fin de mes derniers abbois.

  Venez pleurer, mes fideles compagnes,
Qui vous tenez sur les rudes montagnes,
Auecques moy, venez toutes, venez
Voir la rigueur de mes iours terminez :
Bois & forests demeurez sans fueillage,
Vous oyselets changez vostre ramage
En autre chant, & vous herbes & fleurs,
Portez le dueil de mes larmes & pleurs,
Changeant de teinct, comme le mien se change,
Le pauure mort est digne de loüange.

  Ruisseaux coulans qui sembliez adherer
A nos amours, oyez-moy souspirer,
Et regardant mon forfaict execrable,
N'ayez en vous rien qui soit agreable :
Que desormais vos eaux changent de bruict,
Et se plaignant ne courent que de nuict.

  Gentils Pasteurs entrez en souuenance
Auecques moy de la douce accointance
De ce Berger, venez rememorer
Ce qu'entre vous le faisoit honorer :
N'estoit-ce pas vne douce franchise

Qu'entre vous tous Palot auoit acquiſe?
Son entre-gent qu'admirer le faiſoit,
A qui iamais nul ne contrediſoit,
En vos debats c'eſtoit voſtre refuge,
Et comme chef il vous ſeruoit de iuge.

De ce Paſteur les autres douloureux,
Confeſſeront ce qu'il eſtoit ſur eux,
Il eſtoit ſage, & de ſes bons preceptes
Alloit touſiours enſeignant les ineptes;
Si quelque mal aux beſtes ſuruenoit
Soudainement chacun à luy venoit
Pour en pouuoir quelque remède entendre
De tant de bons qu'il en ſçauoit apprendre;
Ores Palot & pour eux & pour luy
Se voit exempt & de peine & d'ennuy,
Se pourmenant par les champs Eliſées,
Où ſes valeurs ne ſeront moins priſées.

Ie ne puis plus raconter ſes vertus,
Ie ſens deſia tous mes ſens abbatus,
Ma voix deffaut, & ma vie decline,
Ma triſte mort vers la ſienne eſt encline:
Apres ces mots vn grand ſanglot la prit,
Et toſt apres elle rendit l'eſprit.

Voila qu'alors ie ne ſçauois que faire,
Mais il ſuruint vn Paſteur debonnaire
Aſſez aagé, lequel ſoudainement
Au meſme lieu dreſſa leur monument,
Dedans lequel l'vn & l'autre repoſe,

Ayant horreur comme moy de la chose.

NICOT.

Retire toy, va t'en, despesche, cours,
Ie n'ay que trop entendu ton discours.
 Ie suis contraint, ô Diuines puissances,
Qui dans le Ciel faictes vos residences,
De confesser deuant vous mes forfaits,
Vous les voyez, & moy ie les ay faicts;
Contre Nicot la verité tesmoigne,
D'auoir luy seul ourdi cette besongne,
Que feras-tu pauure malencontreux!
Sinon aller dans les gouffres ventreux,
Crier mercy de ta faute palpable,
Deuant Minos, & t'en dire coulpable:
Pauure Nicot! ce n'est rien de mourir,
Ny de te voir en la fosse pourrir,
Mais de sentir ton ame forcenee
Dans les Enfers, sans estre pardonnée:
Et de sçauoir par tes propres remords,
D'auoir causé la perte de ces morts,
Qui contre toy demanderont vengeance
Aux Enfers mesme, & toute leur engeance.
 Ie voy trois Sœurs qui de fouets retors
Entre leurs mains, vont punissant les tors
Que i'ay commis, & Pluton m'abandonne
Aux coups mortels que chacune me donne,
Tout droit à moy ces Bourrelles viendront

Le Siluain
faict sem
blant de se
retirer, ce-
pendant
demeure
caché
pour voir
la conte-
nance de
Nicot.

Pour me frapper lors qu'elles me tiendront:
Monſtres hideux que l'Enfer a nourries,
Et qu'à bon droict on appelle Furies,
Viuant touſiours dedans l'obſcurité;
Ce ſeroit peu que d'eſtre becqueté
Comme Titye, ou ma peine fatale
Eſgale fuſſ à celle de Tantale,
Les cruautez plus malignes ſeront
De ces Enfers lors qu'ils me puniront,
Allant vers eux d'vne noire deſcente;
Ce m'eſt tout vn, il faut que ie reſſente
De mes delits les iuſtes chaſtimens,
Et de l'Enfer les palles tremblemens,
Des criminels les plaintes effroyables,
Eſtans frappez des Sœurs impitoyables,
De tant de fleaux qu'elles ont en leurs mains,
Pour en punir iuſtement les humains,
Comme elles ont leur fortune filée,
C'eſt trop parlé, cette pointe affilée
Doit mettre fin à mes plaintes & cris,
Il me ſuffit de l'auoir entrepris.

Se veut
donner
d'vn poi-
gnard dãs
le corps.

SILVAIN.

Tout beau Berger, retien ta main felonne,
Qu'elle ne vienne à meurtrir ta perſonne,
Ceux pour leſquels les Dieux t'auoyent maudit,
Ne ſont pas morts, comme ie t'auois dict,

Ils font viuans, empefche donc empefche
Que ce poignard ne face aucune brefche
Dedans ton fein, & ne fois tant ofé,
Les Dieux en ont autrement difposé.

NICOT.

Mais quel difcours plein de toute impudence,
Ofez-vous bien tenir en ma prefence ?
N'eft-ce pas vous qui tout prefentement
Au mefme lieu me parliez autrement,
M'ayant conté que Palot & fa Dame
Entre vos bras auoient rendu leur ame ?
Ie l'ay creu donc, & le croiray toufiours,
Iufques à ce que finis foient mes iours,
Pour reparer le forfaict de ma rufe,
Car de leur mort la verité m'accufe :
I'en fuis la caufe, & ne puis par ma mort,
Ny par mon fang, affez venger ce tort,
Laiffez-moy donc.

Se veut en-
core don-
ner du poi-
gnard.

SILVAIN.

Berger tu n'es pas fage ;
Entends pluftoft la fin de mon meffage ;
Ie te dis moy que les Dieux foreftiers,
Qui vos clameurs entendent volontiers,
Ayant fur vous fouueraine puiffance,
Sont fatisfaits de voir ta repentance,
Ne voulant point que tu meures fi-toft,
Mais il te faut conuertir à Palot,

Et fa

Et ſa Carlis , de toy fort offencée,
En luy diſant librement ta penſée,
Et que ton cœur eſt maintenant outré,
D'auoir contre eux ce crime perpetré,
Au lieu d'vn cœur felon & ſanguinaire,
Reprend Nicot , vne ame debonnaire,
Cognoy ta faute , & la bien cognoiſſant,
Ie te diray combien ie ſuis puiſſant;
Ie ne ſuis pas perſonnage ſi vile,
Que mon pouuoir ne te ſoit fort vtile,
Les Dieux des bois deuers toy m'ont commis,
Pour t'accorder auec tes ennemis;
Ie ſuis d'entre eux , bien que d'vne autre ſorte
I'aye paru ſoubs l'habit que ie porte,
Non non, Nicot, tu te pourrois tromper,
Ie ſuis de ceux que tu pourrois frapper
De mille coups de ta dague pointue,
Sans auoir peur que ta dextre me tue,
Ie ſuis Siluain , & les Siluains n'ont pas
Accouſtumé de craindre le treſpas,
Ainſi que vous Paſtoureaux de village,
Qui n'eſtes point de noſtre parentage;
Fils du grand Pan nous ſommes appellez,
Pour Mere ayant la Deeſſe Palez,
Dire ie puis , mon amy , choſes grandes
Du ſang des Dieux , ſi tu me les demandes.

E

NICOT.

Ce que ie veux, honorable Siluain,
Vous demander pourquoy tantost en vain
Vous m'auez dict vne telle fallace,
M'ayant trouué dans cette mesme place,
Et l'auez sceu si bien representer,
Que ie croyois qu'on n'en deuoit douter:
Maintenant donc qui vous rend variable?
Voulant changer mon estat pitoyable
En vn meilleur que vous me proposez,
Certainement vous me fauorisez;
Et par deuoir faut que ie vous adore,
En me di'ant que Palot vit encore,
S'il est viuant c'est à cause de vous,
Et vous pouuez appaiser son courroux,
Et me donner de la resiouyssance;
Car vous auez beaucoup de suffisance,
Excusez moy si ie n'ay le sçauoir
De dire bien ce qu'est de mon deuoir,
Vous cognoissez combien grossiers nous sommes
En nos discours au prix des autres hommes.
Noble Siluain daignez vous contenter,
De ce que moy vous ose presenter
Pour sacrifice à vous & vostre race,
Ce que ie tien de vostre seule grace,
Et vous offrant ce que de vous ie tien,
Vous trouuerez que ie ne garde rien,

Ma vie eſt voſtre, & mes beſtes chetiues
Comme moy ſont à cauſe de vous viues.

SILVAIN.

Ce n'eſt en vain comme tu crois, Paſteur,
Qu'en tou endroit i'auois eſté menteur,
En te diſant que cette Paſtourelle
Ne viuoit plus, ny Palot auec elle,
Qu'ils eſtoient morts, & ſoubs terre couchez
Par les efforts de tes ſales pechez;
C'eſtoit afin que tes pechez rendiſſent
Ton ame outree, & que meſme ils ſeruiſſent
Pour te conuaincre, & pour te repentir;
C'eſt pour cela que ie voulois mentir,
Non que ces deux, en leur amour vniques,
Ne fuſſent prés des ondes Plutoniques,
Ils eſtoient prés de la riue d'oubly,
Et leur vouloir ſe feroit accomply
Sans moy, Nicot, qui courus à leur perte;
Comme de toy quand ie l'eus deſcouuerte;
Maintenant donc auec facilité
Gaigne, Palot, par ton humilité,
Crie pardon de ta faute commiſe,
Et ie feray qu'elle te ſoit remiſe,
Et que viuiez enſemble, emmi les champs,
Sans plus vſer de ces actes meſchants,
Ne veux tu pas obeyr à mon dire?

NICOT.

Helas! Siluain, c'est ce que ie desire.

SILVAIN.

Ie m'en vay donc vers Palot, enten tu?
Quand il viendra rend ton cœur abbatu,
Gaigne le sien, & d'vn noble courage,
Monstre toy doux de cœur & de visage,
En moderant ainsi tes actions,
Ie mettray fin à vos contentions,
Me promettant que Palot & sa belle,
A mon vouloir n'auront le cœur rebelle,
Nicot mon fils apprend qu'il faut ceder
A la raison, pour se bien amender;
Et la raison en tout ce qui se passe,
Veut de beaucoup que Palot te surpasse,
En verité vous estes differens,
Palot ayant des plus nobles parens;
Excuse moy si ma libre franchise,
En ce poinct là point ne te fauorise,
Et de moyens que sçauroit-on combien,
Tu sorts vraiment de parens gens de bien,
Assez cogneus dans nos forests espesses,
Mais de Palot autres sont les richesses,
Son seul bestail qu'il garde dans nos bois
Vaut mieux, Nicot, que le tien quatre fois;
Ie te diray des choses que peut-estre

Autre que moy ne t'a point faict cognoistre;
Si ton esprit prend plaisir à ma voix,
Ce Palot là tout tel que tu le vois,
Et n'en desplaise à ton enuie amere,
Vient de Palez nostre commune Mere,
Que les Bergers de toute antiquité
Vont honorant comme leur Deité.
Et de Palez Palot prend origine,
Non pas qu'il soit de nature diuine,
Palez ayant conceu d'homme mortel,
Faict que Palot ne peut-estre que tel,
Mais nonobstant il a quelque auantage
Sur les Pasteurs qui sont dans le boccage;
Et cela point ne te doit offencer.

NICOT.

Il est fort vray, ie le veux confesser,
Puis qu'il vous plait Siluain de me l'apprendre,
Allez vers luy pour le luy faire entendre,
En luy disant que ces authoritez
Ont preualu dessus mes volontez;
Ou deuers luy i'iray tout à cette heure
Si vous voulez.

SILVAIN.

Non non, Nicot, demeure;
Il faut parler auec eux à leur tour,
Ne bonge point iusques à mon retour.

NICOT.

Me voicy prest pour rendre obeyssance
A vos conseils de toute ma puissance;
  Ne faut-il pas croire que c'est vn Dieu
Qui m'est venu secourir en ce lieu,
Ayant chassé la fortune peruerse,
Qui mon bon-heur mettoit à la renuerse,
Rendant le Ciel & les Dieux courroucez
Encontre moy pour punir mes excez:
C'est desormais que ie viuray paisible,
Et que rien plus ne me sera nuisible,
Qu'eusse ie faict, Palot & sa beauté
A tout iamais m'eussent persecuté:
Ou bien ma vie à l'infortune iointe,
Eust ressenti le coup de cette pointe:
Ie fusse mort, & i'en estois bien prés,
Sans ce Demon arriué tout exprés,
Et tout à point pour allonger ma vie,
Que le malheur m'auoit desia rauie.
  Tous les Pasteurs ensemble conuoquez
Auoyent sur moy les Dieux mesme innoquez,
Criant vengeance aux puissances plus hautes,
Tant ils auoient abominé mes fautes,
Ils estoient tous contre moy coniurez,
N'estans pas saous de mes maux endurez,
Non plus que moy, cherchant mes funerailles
Dans les secrets de mes propres entrailles:

I'estois mourant en l'estat que i'estois,
Sans ce Siluain honnorable & courtois,
A qui ie véux offrir deux de mes bestes,
Que ie prendray des plus grasses & nettes,
Puis que par luy cet orage acessé,
Sans que Nicot en soit mort n'y blessé;
Mais i'ay grand peur qu'à nostre conference
Deuant Palot ie perdray contenance,
Et sa Carlis, quand ils approcheront,
Oyant les cas qu'ils me reprocheront.
Rare Beauté, que i'ay tant attendue,
Mais maintenant ma part en est perdue,
Tu ne le peux dire sans larmoyer,
Pauure Nicot, ny sans te desuoyer,
I'entend quelqu'vn!

Se porte la
main aux
yeux.

SILVAIN.

       Les voicy, bouche close,
Sur tout, Nicot, cela ie te propose.

Le Siluain
entre auec
Palot &
Carline.

NICOT.

Bien ie le veux.

PALOT.

      Monstrez moy ce faquin

CARLINE.

Hé! le voicy, le voicy le coquin!

PALOT.

Vien ça pendart, il faut que ie t'assomme.

SILVAIN.

Les Dieux ont mis en ma garde cet homme,
N'attentez rien, car il est repentant,
Et ie feray que vous soyez content.

PALOT.

Content, Siluain, comment ce miserable
Peut il couurir sa faute irreparable;
Ie vous auois commencé de conter
Ce qui nous faict en ce poinct irriter,
Ce drolle là remply d'outrecuidance,
Auoit fondé ne sçay quelle esperance,
Sur les amours de Carlis que voila,
Sans s'arrester lors qu'elle luy parla,
Qu'il perdoit temps, auecques ses pratiques:
Mais nonobstant par des moyens iniques,
Autant subtils comme il est hazardeux,
Faict ses efforts de nous perdre tous deux,
Ou pour le moins que Carlis eust à croire,
Que ie n'auois d'elle plus de memoire,
Qu'vne autre auoit pris place dans mon cœur,
Luy faisant voir ce signalé trompeur,
Lysete lors auprés de moy couchée,
Qui croit en luy tant il l'auoit preschée:

Moy qui n'estois nullement consentant,
Voyant Carlis qui se va tourmentant,
Ne sçay que faire! & la rage me porte
D'aller finir d'vne piteuse sorte.
Ie l'euss faict, sans vous qui suruenant,
Dire le vray vous pourez maintenant,
Et pour cela ie vous fais ma requeste,

CARLINE.

Mon cher Palot, ne soyez plus en queste
Contre Nicot, de ses actes peruers,
Il vous suffit que desia l'vniuers
Est informé de ses fines cautelles,
Et nos amours demeurent immortelles,
Maugré son cœur, & ses intentions,
Cruels ty ans de nos affections.
  C'est à sa honte auiourd'huy que nostre ame
Se resiouit de le voir en ce blâme,
Quand on sçaura que ses indignitez
N'ont rien gaigné sur nos fidelitez,
Bien qu'vne fois m'ayant comme tentée
A vous hayr i'estois precipitee;
Non que pourtant ie voulusse l'aimer,
En m'en parlant cela m'estoit amer,
Et les raisons qui m'estoient addressées,
Ne pouuoyent rien sur mes vierges pensés,
Au beau milieu des pleurs & des souspirs,
Ie conseruois impollus mes desirs,

Pour vous, mon tout, po∫∫e∫∫eur l´gitime
De tout cela que i´ay plus en e∫time.

SILVAIN.

C´e∫t a∫∫ez dict, mes enfans vous voyez
Que vos debats doiuent e∫tre noyez
Dans le canal d´vne ∫ainɛte oubliance,
Ne faiɛtes point en cela re∫i∫tance
Ie vous en prie, & coniure à deux mains,
Cha∫∫ez vo∫tre ire, & deuenez humains,
Puis que Nicot d´vne humilité pure
Deuant vos yeux repare cette iniure;
Voyez ∫es yeux qui ∫e fondent en pleurs,
Nous demon∫trant quelles ∫ont ces douleurs
D´auoir mal faiɛt en ∫es feintes menees,
Rien ne ∫e faiɛt que par les De∫tinées,
Et leurs decrets on ne peut e∫uiter;
Voulez vous pas doncques me contenter,
Heureux Amans, faiɛtes que ma venue,
Sans aucun fruiɛt ne s´en retourne nue,
En refu∫ant de le prendre à merci,
Sçauez vous quoy ie vous veux dire au∫si,
Les Dieux des bois à qui ∫ont vos offrandes,
En ∫a faueur vous font me∫mes demandes.
Ces Deïtez Champe∫tres, mes amis,
Ont de tout temps en leur regi∫tre mis
Les ∫acrez vœux, ou bien les malefices
De ceux qui vont rendre leur ∫acrifices.

Sur leur autel , & les diſſentions
N'ont point de part en leurs oblations:
Que penſez vous qu'vne ſeule parole,
Tout droit vers eux promptement ne s'enuole,
Rien ne ſe faict en ces ſauuages lieux,
Qui ne paruienne aux oreilles des Dieux,
Ils ont les vents qui de leurs hallenées
Portent les voix ſi toſt qu'elles ſont nées,
Et ſans bouger de la place qu'ils ſont,
Ils voyent tout , & ſçauent ce qu'ils font:
Pauures mortels apprenez de ma bouche,
Que ce deuoir viuement les attouche,
Et qu'ils ſeroient grandement irritez,
Si vous alliez contre leurs volontez,
Puis que deſia cette ame repentie
Ne rend que trop leur vengeance amortie,
Ils ſont contents de voir ce changement,
Et l'ont abſous par ſon amendement:
Vous deuez donc en faire le ſemblable,
Ou vous ſeriez de nature implacable,
Reſpondez moy.

PALOT.

Mettons nous à genoux.

SILVAIN.

Non leuez vous.

PALOT.

Siluain ce n'eſt à nous
De repugner contre les ordonnances
Que font pour nous les Silueſtres puiſſances,
Nous ſommes preſts de vous le teſmoigner,
Et ſerions fols de nous en eſloigner,
En reiettant voſtre docte ſemonce.

SILVAIN.

Voila, Palot, vne bonne reſponce.

CARLINE.

I'en dis de meſme.

SILVAIN.

O les braues Enfans!
Viuez heureux vne infinité d'ans,
Et croyez moy que les Dieux à largeſſe
Vous combleront d'honneur & de ſageſſe,
Iettant les yeux ſur vos riches toiſons,
Pour les garder ſaines en vos maiſons,
Les pouruoyant de bonne nourriture,
Pour vous fournir de laict & de veſture,
Nicot vien t'en, approche toy d'icy.

PALOT.

Ie te pardonne.

CARLINE.

Et moy certes aussi.

NICOT.

Croyez de moy que si ie vous frequente,
Vous en aurez tous deux l'ame contente,
Et ne sçaurois assez vous estimer,
Ny vous seruir, s'il vous plaist de m'aymer.

PALOT.

Nous t'aymerons ie t'en donne asseurance,
Voyant les fruicts de ta perseuerance,
Non pas au mal, mais au bien que tu dis.

NICOT.

Vos volontez me seront des Edicts.

ACTE CINQVIESME.

LE SILVAIN. PALOT. CARLIS.
NICOT. LYSETE.

SILVAIN.

*Iença Nicot, il faut qu'on te marie,*

PALOT.

La saison veut que chacun s'apparie.

SILVAIN.

Doncques aydez à luy trouuer party.

PALOT.

Ie le veux bien, mais que ie sois forty
Du desespoir où Carline me plonge.

CARLINE.

He! le finet, il se plaist au mensonge,
Viença Mignard, crois tu que cela soit,

PALOT.

Que ſçay-ie moy ſi ton cœur me deçoit.

CARLINE.

Allés vilain, voſtre eſprit ſe desbauche,
Vous en aurés ce ſouflet de ma gauche.

PALOT.

Baiſés moy doncques en ſigne d'amitié.

CARLINE.

L'ayant battu i'en ay de la pitié.

PALOT.

Rebaiſe moy.

CARLINE.

Non feray, plus on donne
De ces faueurs, plus on vous aiguillonne.

PALOT.

Ce gros ſouflet vaut vn autre baiſer.

CARLINE.

Ie ne ſçaurois de rien te refuſer.

Durant ces mignardi-
ſes Carns ayant iecté
le bras droict ſur
l'eſpaule de Palot & luy
tenant le col enlacé
de l'autre main e.le
luy donne le ſoufflet
& apres le baiſe,

Le rebaiſe.

SILVAIN.

Nicot en veut, trouuons luy quelque chose.

CARLINE.

Ie (çay bien quoy, mais dire ie ne l'ose.

PALOT.

Dictes mon cœur.

CARLINE.

Lysete?

PALOT.

C'est bien dict.

SILVAIN.

A cela point Nicot ne contredict,
N'est il pas vray?

NICOT.

Deuant que l'entreprendre,

Il faut sçauoir si Lyse y veut entendre.

SILVAIN.

Cela s'entend, cela ne se faict point
Que l'vn vouloir a l'autre ne se ioint,
Quelle Lysete est ce que l'on te nomme?
Il faut de dot qu'elle ayt honneste somme,

Qu'elle

Qu'elle soit belle, & sage au demeurant.

PALOT.

Elle a cela, ie vous en suis garent,
Mais la voicy!

SILVAIN.

       C'est-elle?

PALOT.

         Ouy, c'est elle,
Qui vient vers nous ; approchez vous la belle.

SILVAIN.

Approchez vous, nous vous voulons parler.

LYSETE.

Faictes donc tost , car il m'en faut aller.

SILVAIN.

Nous ne tenons que propos d'amourettes.

LYSETE.

Laissez moy donc, ce ne sont que sornettes,
Dont ie suis lasse : & de ces autres, quoy?

SILVAIN.

Estans contents chacun demeure coy.

F

LYSETE.

Sont-ils d'accord?

SILVAIN.

Ils le sont.

LYSETE.

Et Carline,
A quel des deux est son amour encline?

SILVAIN.

C'est à Palot qu'elle a promis sa foy.

LYSETE.

Il en est digne.

SILVAIN.

Et certes ie le croy,
Mais nous parlons d'vn second assemblage,
Que faire on peut dans vostre voisinage,
Nous vous sçauons vn honneste garçon,
Si vous parlez de quelque autre façon,
C'est à Nicot que nous voulons vous ioindre.

LYSETE.

Ie suis trop pauure, & mon merite moindre.

N I C O T.

Lyſe voyez, ie ſuis deſia porté
A vous monſtrer que c'eſt ma volonté.

L Y S E T E.

Et moy Nicot veux faire le ſemblable,
Si mon amour vous auez agreable.

N I C O T.

C'eſt aſſez dict, vn anneau vous aurez
Pour la faueur que vous me procurez.

L Y S E T E.

Vous vn baiſer, & celle qui vous baiſe
Se donne à vous pour en faire à voſtre aiſe.

Nicot luy met vn anneau dans le doigt, & Lyſete le baiſ.

S I L V A I N.

Ne voila pas mes deſirs accompliſ?
Vous eſtes tous d'honneſteté remplis,
Et peu s'en faut qu'Amoureux ie ne vienne.
Voyant ainſi que chacun a la ſienne.

L Y S E T E.

Si vous voulez nous vous marieron...

S I L V A I N.

Pourroit bien eſtre, & nous en parlerous,

F iij

Car sans mentir vostre humeur me recrée.

LYSETE.

Non, vous auez vostre amour consacrée
A quelque Nymphe accorte à vostre esgal,
Qui vous tient pris d'vn lien coniugal,
Ie veux gaiger qu'il ne soit point de Fée,
Qu'en vous voyant n'ayt son ame eschauffée,
Mais vous auez vn peu gris les cheueux.

SILVAIN.

C'est bien tout vn, quand paroistre ie veux,
Ayant sur moy l'habillement des festes,
Dans nos forests ie fais mille conquestes,
Et ne voit-on rien qui soit releué
Pour les beautez, que ie n'aye esprouué.

LYSETE.

Quel estes vous, ou Siluain ou Satyre?

SILVAIN.

En bonne foy vous me faictes bien rire;
Ie suis Siluain, he! les Satyres ont
Les pieds de cheure, & les cornes au front.

LYSETE.

Fi de cela, ce sont bestes ie pense,

CARLINE.

Et quoy Lyſete, eſt ce la recompenſe
De vous auoir vn mary pourchaſſé,
Le ſouuenir vous en eſt-il paſſé;
En vous mocquant ainſi de ſes ſemblables,
Tous demi-Dieux entre nous venerables?

SILVAIN.

Ie prends plaiſir de la voir brocarder.

LYSETE.

Non fay Siluain, ie m'en veux bien garder,
De tout mon cœur ie vous aime & reuere:

SILVAIN.

De vous ne vient rien qui me ſoit ſeuere;
Mais qui nous vient encores aborder?

LYSETE.

Ie ne ſçay pas, il leur faut demander.

TVRQVIN. FRANCINE.

TVRQVIN.

Place à Turquin & pour sa compagnie.

SILVAIN.

Que dict cette homme? il a quelque manie.

TVRQVIN.

Qu'on face place, & viste, ie le veux.

SILVAIN.

Place à Turquin, qui veut faire le gueux.

TVRQVIN.

Place à Turquin alors qu'il se pourmeine.

SILVAIN.

Place à Turquin, & la vieille qu'il meine;
Cet enragé fera quelque accident.

TVRQVIN.

Voyez ma vieille, elle n'a qu'vne dent,
N'en auoir point est vne chose estrange,
Moy comme vn loup des deux costez ie mange.

SILVAIN.

Es-tu venu d'vn pays eſtranger,
Icy vers nous afin de nous manger?

TVRQVIN.

Mais toy Siluain, veux tu qu'il apparoiſſe
De ta ſottiſe, afin qu'on te cognoiſſe,
Tu fais icy le pere reuerent,
Sans m'approcher, moy qui ſuis ton parent.

SILVAIN.

Toy mon parent, ha! ie te deſaduoue.

TVRQVIN.

Si ie vay là tu prendras ſur la ioue,
Tu meſcognois ceux qui te font honneur,
Ie ſuis Turquin ce celebre ſonneur
Et de la flutte, & de la cornemuſe,
Lors qu'à iouer deuant Pan ie m'amuſe,
Quand il me plaiſt pour luy faire plaiſir,
Lors qu'il me vient entre mille choiſir;
N'eſt-il pas vray, dy Pere venerable,
Ne m'as tu pas veu ſouuent à ſa table,
Touſiours laſcif comme eſt vn paſſereau.

SILVAIN.

Il eſt de vray ſon premier macquereau,

F iiij

Ie le cognois, quand i'entre en souuenance
De l'auoir veu quelque fois à la dance.

TVRQVIN.

Et toy bouffon qui te monstres altier,
Ne m'as-tu pas desrobé le mestier?
Qui sont ces gens, ce sont de tes pratiques.

SILVAIN.

Ce sont Amants qui ne sont point lubriques,
Tu fais tousiours le plaisant & le sot,
Et cependant la vieille ne dict mot.

TVRQVIN.

Turquin
entend par-
ler de Car-
lis & de Ly-
sete qui
sont là
prés, où il
s'approche.

Veux tu changer ma vieille auecques l'vne.

SILVAIN.

Ie n'y puis rien, & la tienne est commune.

FRANCINE.

Que dictes vous? ie vous feray sentir
Si ie m'y mets la peine de mentir,
Commune.

CARLINE.

Ouy, faicte comme vne d'elles,
Qui sont, Francine, & chastes & pucelles.

FRANCINE.

C'est donc cela, Siluain, en verité,
Seure ie suis de ma virginité,
Iamais mary ne m'auroit espousee,
Sans celuy là qui me tient abusee,
Il a long temps, Turquin, que ie poursuis,
Bruslant d'amour en l'aage que ie suis,
Sans en pouuoir esperer que feintise,
Voyez comment les autres il courtise.

LYSETE.

Tout beau, Turquin, va tes vaches baiser.

TVRQVIN.

Tu pourrois bien ma chaleur appaiser,
S'il te plaisoit à mon amour entendre.

LYSETE.

Turquin va t'en à quelque autre te prendre,
Ta teste est fole, & tes sens forcenez,
Si tu reuiens tu prendras sur le nez.

Turquin
s'en retour-
ne vers la
vieille.

FRANCINE.

Et bien, Turquin, c'est selon ta coustume
Que tu te plais de voir mon amertume,
Et t'esiouis de rire à mes despens,
Tenant tousiours mon amour en suspens,

Pendant les dif-cours amoureux du Satyre & de la vieille les autres se sequestrēt vn petit & s entretiē-nent tout bas.

Sans que iamais ton naturel volage,
Vueille incliner à rien qui me soulage.
Cruel, ingrat, & plus rude à ployer
Que n'est vn chesne, ou quelque vieux noyer,
Establissant les autres en ma place,
Dedans ton cœur, qui pour moy n'est que glace:
Ne veux tu pas barbare me parler
De ton amour, sans me faire brusler
De iour en iour à petite fumee,
Pour rendre plus ma chaleur animee?
Ne veux tu pas en mon aduersité
Te despartir de ta ferocité,
Tigre cruel, qui par rudes entorces
Me fais mourir auecques tes amorces:
Bien ie mourray, mais mon enterrement
Deuant les Dieux sera ton iugement:
Ie vous coniure, ô Deïtez puissantes,
Vouloir venger les pointures cuisantes
Que pour Turquin i'endure à tout moment,
Pour ne l'aymer que trop loyalement,
Ouy par trop, puis qu'il se rend indigne
De mon amour entierement benigne;
N'est-il pas vray, ha! meschant tu te ris,

Turquin se met à rire & brâs-le la teste comme par mes-pris.

De voir mes yeux affligez & marris,
De voir mon cœur, & mon ame dolente,
Mourir pour toy d'vne mort chaude & lente:
Helas, pourquoy le iour que ie nasquis
Ne me fut point vn monument acquis,

Ie n'aurois point mon ame ainſi bruſlee,
Pour trop aimer vne autre ame gelee;
Pour trop aimer vn Pirate de mer,
Qui prend plaiſir à me voir conſumer.

TVRQVIN.

Que diroit-on de me voir vne vieille?

FRANCINE.

Que dans ton liĉt elle couche & ſommeille.

TVRQVIN.

Il eſt bien vray, mais de toy ie ne veux.

FRANCINE.

Pource qu'ailleurs tu vas rendre tes vœux,
Mais ſi de moy tu cueillois les delices,
Nos amitiez ne ſeroient que propices,
Ne penſe pas, ne penſe pas Turquin,
Qu'encore dur ie n'aye le tetin,
Et qu'à ton gré ie ne me puiſſe rendre,
Pour y pouuoir du contentement prendre,
Tout auſſi toſt que tu l'aurois gouſté,
Y conioignant ton cœur d'autre coſté,
Mais de fuir alors que ie m'approche,
C'eſt n'eſtre point, ou ſe changer en roche:
Turquin, Turquin, tu deurois aduiſer,
Que mon amour n'eſt pas à meſpriſer;

I'ay les secrets de Circe, & de Medee,
Qui valent mieux que ma face ridee;
Ie sçay le cours des astres diuertir,
Quand il me plaist de les faire partir
Du lieu qu'ils sont, & par mes sortileges
Tous animaux viennent dedans mes pieges:
On ne voit loup tant soit-il animé,
Que si ie veux par moy ne soit charmé:
Et d'autre part aux bestes ie procure
De la santé par mainte bonne cure,
C'est à cela que tu dois t'arrester,
Pour y trouuer de quoy te contenter:
Nous n'auons point de science rustique,
Que mon esprit aysément ne pratique;
Les Dieux oyant mes imprecations,
Louent les traits de mes inuentions;
Ie sçay donner à la Lune enchantee
Vn voile noir quand elle est argentee;
Ie sçay le cours des fleuues arrester,
Ou quand ie veux les faire remonter
Si prompts qu'ils soient, iusques dedans leur source,
Quand fixement ie regarde leur course;
Ie fay sur mer les nauires perir,
Et d'vn clin d'œil les fontaines tarir;
Ie fay sortir des herbes & racines,
Pour nos Pasteurs, les bonnes Medecines;
Ie sçay garder les brebis d'auorter,
D'vn certain ius venant à les frotter;

D'vn autre ius remettre les ioinctures,
Et d'autre encor en ouurir les ferrures,
En les oignant, & par doctes raifons
Ie fçay parler du temps & des faifons,
Sans pouuoir eftre enuers moy fecourable,
Pour la froideur d' cet inexorable,
Qui ne fe meut non plus qu'vn baftiment,
Auquel on v ır vn roc pour fondement:
Ny que fur luy ma fcience magique
Ayt de pouuoir, tant il eft lethargique.

Vien ça Turquin, vn plus digne fujet,
Peut mon defir deuant toy rendre abjet,
Pour les beautez, ou pour les mignardifes,
Mais des vertus, elles me font acquifes,
Et tu me dois aux autres preferer,
Qui te pourroient à l'enui defirer,
Car mes vertus font beaucoup plus aymables
Que les beautez des autres eftimables,
La beauté change, & la vertu toufiours
Paffe au delà l'infinité des iours;
Aduife donc defirable Satyre,
De foulager quelque peu mon martyre,
En m'accordant ce qu'auiourd'huy ny hier
Tes cruautez ne me pouuoient nier:
Propofe toy que m'ayant pour efpoufe,
Ie ne feray fafcheufe ny ialoufe
Comme plufieurs, qui viennent, & qui vont,
Pour voir toufiours ce que leurs maris font.

Luy auoit
tourné le
dos.

Tous les troupeaux sur lesquels Pan preside,
Seront ioyeux qu'auec toy ie reside,
Tu le sçais bien, Diane m'aime aussi,
Souffrant pour moy de me voir en souci,
Et toy veux tu pour vne opiniastrise,
Que le malheur à iamais me maistrise;
Il faut vouloir, Turquin mon cher espoux,
Ce que les Dieux ont destiné de nous.

TVRQVIN.

Ce me seroit vn eternel diffame,
Si l'on sçauoit que tu fusses ma femme,
Estant si vieille, & moy si chaleureux
Qu'il m'en faudroit plus d'vne, & plus de deux:
A quel propos veux tu donc me restraindre,
Ie ne veux point en cela me contraindre,
Ny tellement à toy m'assuiettir,
Que quelque fois ie n'en puisse partir,
Pour m'esgayer & prendre mes aysances,
Renouuellant mes vieilles cognoissances,
Voy tu donc bien, Francine, c'est comment
Viure ie veux pour mon contentement.

FRANCINE.

Ce m'est assez, pourueu que tu demeures
Auecques moy dedans vn lict deux heures,

SILVAIN.

Francine a donc le loyer entrepris.

CARLINE.

Se prennent-ils?

SILVAIN.

*   Ils se sont desia pris,*
Approchez vous, qu'on chante, & que l'on dance.

CARLINE.

Doncques il faut que la vieille commence.

FIN.

LE PRE'.

A MONSIEVR DE COMPRIS PRIEVR
de Senat.

E fils aifné de la nature,
Le Printemps , qui pour fa peinture
Toufiours nouuelle , a plus de los
Que tous les enfans du Cahos,
Auſsi toſt qu'on le veid eſclorre,
Deuint amoureux de l'Aurore.

Cette lumineuſe beauté
Pour preuue de fa chaſteté,
Parut fur le mont Olympique,
Naiſſante de rougeur pudique,
Et d'autre part , en meſme temps,
Se monſtra le ieune Printemps.

A l'heure ces Amans celeſtes,
Rendent leurs amours manifeſtes,
Par le monde nouueau venu,
Et leur feu n'eſt ſi toſt cogneu,
Que tous ceux qui les enuironnent
Voyent les baiſers qu'ils ſe donnent.

Que de merueille en vn moment,
De voir que cet enfantement
De la mere de toutes choses
A produit deux si belles roses,
Car l'Aube, & le Printemps naissans,
Estoient deux boutons rougissans.

Leurs amours furent contenues
Encores plus haut que les nues,
Et les effets en furent tels,
Qu'estans benis des immortels,
Dedans le Ciel, deuant leur face:
Ils eurent la premiere place.

Adonc leur pere Iupiter,
Qui ne cesse de fomenter
Leurs desirs depuis leur sortie,
Donne force à leur simpathie,
Et d'elle fut faicte à son gré
La terre qui n'estoit qu'vn Pré.

Il est vray, la terre naissante
Fut vne plaine verdissante,
Mais au lieu de ces tapis verts,
Les hommes deuenus peruers
Eurent pour leurs fautes conceues
Des croupes rudes & bossues,
Pour signe du crime odieux
Des hommes encontre les Dieux.

C'est donc le Pré que i'imagine
Le plus beau pour son

G

De tous les excellens threſors
Que la nature meit dehors, .
Lors que ſa matrice feconde
Enſanta ſans monde le monde.

Il ſera donc dedans mes vers
Loüé de mille chants diuers,
Tant i'aime à voir vne prairie
Des Dieux , & des hommes cherie,
Et des Nimphes , qui nuict & iour
Se plaiſent d'y faire ſeiour.

Le Pré n'eſt iamais ſans verdure
Sa couleur immortelle dure,
Et l'Aurore tous les matins
Le faict boire de ſes tetins;
Sçachant qu'il n'a point de naiſſance
Qui ne vienne de ſon eſſence.

Il ne donne pas ſeulement
Pour ſon vert du contentement,
Mais ſes autres diuers meſlanges
Le comblent de tant de loüanges,
Que le Ciel eſtant diſetteux
A ſon eſgal demeure honteux.

Le Ciel de couleur azurine
Hume les eaux de ſa marine,
Et pour ſes autres raretez,
Eſt fourni de tant de clarté,
Que dans l'horreur d'vne nuict ſombre
Ses yeux argentez ſont ſans nombre.

Auecques plus de gaycté,
Cela nous est represênté
Dans vn Pré, quand la primevere
Le tire de la main seuere
De l'hiuer triste & froidureux,
Et le faict venir amoureux.

Des sources coulantes & viues
Contournent ses plaisantes riues:
Humectant ses bords azurez
Par des petiss socs mesurez,
Et courent par toute la Prée
En forme de boisson sacrée.

Au Ciel toute clarté reluit,
Comme dans vn Pré iour & nuict
Flambent mille fleurs odorantes,
Au lieu des estoilles errantes,
Qui naissant dans l'obscurité
Ont moins d'honneur en verité,

Vers le Ciel la troupe galante
Des faucons, s'essore volante,
Mais pour la douceur des oyseaux,
Il ne faut que suiure les eaux
D'vn ruisseau couuert de saulsaye,
Où la sœur de Progné s'essaye.

Les oyseaux qui viuent dans l'air
Ne sçauent siffler, ny parler,
Et plus agreable est la note
D'vn pinson, ou d'vne linote,

Qui le long d'vn Pré leur chanſon
Diſent de buiſſon en buiſſon.

    Ou s'il faut pour l'honneur combattre
De deux à deux, de quatre à quatre,
C'eſt au Pré la place d'honneur,
Que le preux trouue ſon bon-heur,
C'eſt là que la gloire ſe gaigne,
Pluſtoſt que ſur vne montaigne.

    En vn mot, les quatre Elemens
N'ont pas de plus beaux ornemens,
Pour parer leur teſte ſuperbe,
Que le Pré couuert de ſon herbe,
Mais tondu ſoit-il, ou couuert,
Il eſt touſiours riant & vert.

    Voila, Prelat, que ie vous donne,
Pour illuſtrer voſtre perſonne
Des honneurs & des qualitez
Que ma Terpſichore a chantez
Sous le nom du Pré, qui vous cede
Tout ce que ſa gloire poſſede.

    Ou bien eſgaux auec raiſon,
D'vne iuſte comparaiſon,
Voſtre memoire enuerduree,
Ne ſera pas moins de duree
Que l'azur d'autour du croiſſant,
Ou l'honneur d'vn Pré verdiſſant,
Et ma Muſe qui n'eſt point chiche
Promet de vous faire plus riche.

SVR LE RETOVR
DV PRINTEMPS.

A MES DAMOISELLES
de Theobon, & de Pechagut, sous le nom
de Progné & de Philomele.

L'Hiuer s'estant remis dans son antre herissé,
Faict place maintenant que l'orage a passé,
Au Printemps, qui s'en vient & suit à tire d'aile
    Sa Progné qui l'appelle.
Nous les voyons venir du costé d'Orient,
Et Flore qui les suit d'vn visage riant,
Auec ses plaines mains de fleurs & de guirlandes,
    Vient faire ses offrandes.
On dict que si son œil que la nature a faict,
Pour eschauffer le sein d'vn obiet si parfaict,
Nous donne tous les ans vne ioye nouuelle,
    Que c'est pour l'amour d'elle.
Leurs belles qualitez different toutesfois,
La beauté du Printemps ne dure que trois mois,
Et celle de Progné n'estant point terminee,
    Dure toute l'annee.
En Amour seulement ils se trouuent constans,
Progné ne chante point que durant le Printemps,

G iij

Et si tost que de vous sa face se retire
 Elle ne peut rien dire.
Philomele qui suit l'exemple de sa sœur,
Nous rauit les esprits d'vne mesme douceur,
Et repoussant au loin l'iniure de Terée,
 Est de nous admirée.
Vous auez cet honneur, Philomele & Progné,
De sçauoir que pour vous le Printemps est donné,
Et si vous n'estiez point, son amoureuse face
 N'auroit aucune grace.
C'est vous qui l'honorez de mille raretez,
Mariant ses œillets auecques vos beautez,
Mais plustost uos beautez à la façon des roses,
 Surpassent toutes choses.
Ayant doncques ainsi le Printemps pour espoux,
Nous tenons, cheres Sœurs, la verdure de vous,
Durant tout le Printemps, ains tousiours la verdure
 De vostre gloire dure.
Que sera-ce de vous qu'vne saison de fleurs,
Capable de chasser toute sorte de pleurs,
Et donner aux Amans par vne douce flame
 Les delices de l'ame.
Comme vous possedez mille belles vertus,
Vous rendez à vos pieds les hommes abbatus,
D'vne force d'amour qui n'a point de pareille
 Que la seule merueille.
Ie n'estime pas moins les actes glorieux
De vostre ame, que ceux qui sortent de vos yeux,

Ceux là vont droict au Ciel, & les autres en terre
    Font aux hommes la guerre.
  Vous estes le pourtraict du Printemps Amoureux,
Des Princes des saisons il est le plus heureux,
Et le plus estimé, comme entre les mortelles
    Vous estes les plus belles.
  Celle dont les beautez affectent vn flambeau,
Emprunte du Soleil tout ce qu'elle a de beau,
Au lieu que le Printemps, & tout ce qu'il possede
    A vostre gloire cede.
  Si bien que le Printemps estant sur le Soleil,
Le Soleil comme luy releue de vostre œil,
Ou plustost le Soleil, & tout ce qu'il possede
    A vostre gloire cede.
  Et non pas seulement vostre beauté qui luict,
Surpasse les beautez du iour & de la nuict,
Mais encores de vous les filles de memoire
    Tirent toute leur gloire.
  En vous parangonnant à ces flambeaux d'amour,
Ie ne puis vos honneurs dire tout en vn iour,
Ains leur longue saison defaudroit toute entiere
    Plustost que la matiere.

L'ASTREE
BOVRDELOISE.
A MONSIEVR DE LA
LANNE CONSEJLLER
du Roy.

Oy qui commandes en Pathare,
Phebus, donne moy de ton miel,
Pour celebrer la vertu rare
D'vne beauté fille du Ciel;
Donne moy des cordes choifies
Pour mettre à ma lire d'argent,
Et marie ton entregent
Ames facrees fantaifies.
Iupiter ayant faict le monde
Selon le but de fon fecret,
Par vne fageffe profonde
Voulut accomplir fon decret,
Faifant la derniere iourne
Au point qu'il auoit limité,
Sortir de fon gauche cofté
La Iuftice, fa fille aifnee.

Son cœur großit, fremißant d'aife,
Alors que la belle il conceut,
On veid mefme branfler fa chaife,
Pour le grand plaifir qu'il receut,
Quand cette Vierge reueree,
De fon flanc propre il enfanta,
Pour la grande amour qu'il porta
Aceux de la faifon doree.
Il ouurit adonc fes entrailles
En faueur de tous les mortels,
Et le iour de fes baptifailles
Il fit fumer tous fes Autels:
Et pour la rendre plus notoire
La monte en fon char triomphant;
Tu feras, dict-il, mon enfant,
Le premier obiet de ma gloire.

Le Deftin qui iamais ne ceße
D'accomplir ce qu'il a voulu,
Donna toft à cette Princeße
D'Aftree le nom impollu:
Nemefis fe trouue à la fefte
Auec fa compagne Themis,
Qui d'vn cœur ployable & fubmis,
La publient toute parfaicte.

Son chef de diamant folide,
Apparent & ferme toufiours,
Donnoit à fa langue pour bride
La raifon d'vn fage difcours:

Vous foyez la tres-bien venue,
Fille du puiſſant Iupiter,
Venez auec nous habiter,
Dict la Terre l'ayant cogneue.

   Siecle d'or heureux à merueilles,
Qui de ton propre mouuement
V'as importuner les oreilles
Du Pere dans le firmament;
Le Pere qui l'auoit eſleue
De toute ſon eternité
A ceux de ſa poſterité
Point refuſer ne l'a voulue.

   Les hommes enclins à bien viure,
Obligerent le Roy des Cieux
De conſentir qu'il leur deliure
Ce qu'il a de plus precieux;
Le Pere commun leur enuoye
Sa fille, pource qu'ils ſont bons,
Mais pluſtoſt il les à ſemons
De tenir touſiours cette voye.

   En vn moment cette Deeſſe,
En la terre vint deualer,
Mais auec telle gentilleſſe,
Que ſa deſmarche eſtoit voler,
Portant vne face modeſte,
Douce & benigne aux innocens,
Mais rude aux deſobeiſſans
Qui troublent ſon vouloir celeſte.

Aſtree rencontrant ſur l'heure,
Les humains du tout vertueux,
Prit à gré de faire demeure
Dedans leurs Temples ſomptueux,
Elle ſe pleut auec les hommes
Durant ceſt aage fleuriſſant,
Mais apres, d'vn cœur languiſſant,
Elle hait le ſiecle où nous ſommes.

A l'ennuy le Ciel, & la terre,
S'entredonnoient de leur auoir,
Quand la paix feit place à la guerre,
Et l'orgueil vainquit le deuoir,
La malice ſe forma telle,
Que d'elle ſe forma l'Enfer,
Et ſoubs quelque rouille de fer,
On nous oſta cette immortelle.

Iupiter qui l'auoit donnee
Aux hommes bons premierement,
Ne veut ores que prophanee
Elle ſoit par leur changement:
Il l'appelle dans ſon Empire,
La fille obeyt à ſa voix,
Voyant qu'on peruertit ſes loix,
Et que tout va de mal en pire.

Maintenant, la Lanne me donne
Le courage & la volonté
D'aller dans le Ciel qui rayonne
Des eſclairs de cette beauté,

Pour voir ſi la force & la grace
Des Muſes auront ce pouuoir,
D'encores vne fois l'auoir,
Et pour nous, & pour noſtre race.
    Ce nom de la Lanne ſuperbe,
Qui ploye mon cœur en oſier,
N'a pas moins de vertu que l'herbe
Que Glauque meit dans ſon goſier:
Car pour preuue de ſon eſtime,
Ie ne le maſche que trois fois,
Et tout incontinent ie vois
L'effect de ſon pouuoir ſublime.
    Cette grande face apparente,
Lampe de tant d'aages paſſez,
Me ſeroit vne voye errante,
Et d'vn tres-difficile accez,
Sans ce nom que mon aiſle porte,
Cogneu des hommes & des Dieux,
Et ſi venerable en tous lieux
Qu'il m'en a faict ounrir la porte.
    De loing ces portes incognues
Deſcouurent leurs clous argentez,
Qui brillants à trauers les nues,
Nous conduiſent par leurs clartez;
Ie monte pour trouuer Aſtree,
D'eſtage en eſtage touſiours
Iuſqu'à l'origine des iours,
Mais on m'arreſta ſur l'entree.

C'est là que le grand Dieu qui tonne
A son magnifique Palais,
Et grand nombre qui l'enuironne
De demi-Dieux & de valets;
L'vn d'entr'eux me seruit d'escorte
Pour venir au throsne royal,
Où tout homme qui n'est loyal,
N'entrera iamais de la sorte.

Les Poëtes par priuilege
Y sont comme en leur Element,
A tous autres c'est sacrilege
D'en approcher tant seulement,
Ou du moins qui se glorifie,
Dans ce lieu d'immortalité,
Il conuient de necessité
Que plustost il se purifie.

Au souuenir ie tremble encore,
De la peur que i'eus en entrant,
Quand ce grand Prince qu'on adore,
Me veid de son œil penetrant,
De frayeur mon ame fut pleine;
Mais il me voulut secourir,
Et pour me garder de mourir,
Retient sa veue, & son haleine.

Le train des saisons reuolues
Manifestent deuant nos yeux
De ces puissances absolues
Les effects grands & merueilleux,

Nous ſçauons ſa toute puiſſance,
Quand de luy parler nous oyons,
Mais alors que nous le voyons,
C'eſt bien vne autre cognoiſſance.

    D'vne grand' Citadelle ronde
Que Dieu feit de ſes propres mains,
Il couurit la terre feconde,
Pour ſe faire craindre aux humains,
Il domine ſur nos penſees,
Et tonne ſouuent ſur nos chefs,
Lors que par crimes & meſchefs
Nous auons ſes loix tranſgreſſees.

    Aſtrée, l'image du Pere,
De qui la prompte authorité,
A ſes volontez obtempere
D'vne honneſte ſeuerité,
Par celle de ſon excellence,
Employe ſon glaiue tranchant,
Et pour le iuſte, & le meſchant
Tient en ſa main vne balance.

    Sa face de rigueur meſlee,
Auecques la ſimplicité,
Deffend ſans eſtre violee,
L'honneur de ſa pudicité:
Ie la veis en ceſte poſture
Prés du Pere, qui la baiſoit,
Et les actes qu'elle faiſoit
Eſtoient eſgaux à ſa nature.

Sa vertu parfaitement belle
Tient le Pere tellement ioint,
Que le monde croit que fans elle
Iupiter ne commande point;
On leur donne telles louanges,
Que foubs mefme Diuinité,
Ils regiff nt en vnité,
La terre, le Ciel, & les Anges.

Leurs fales & chambres dorées,
Où fe pourmeinent les zephirs,
Ne font iamais que peinturées
D'efmeraudes, & de faphirs;
Tout y reluit fans artifice,
Mais fans merueille on ne peut voir
La contenance, & le fçauoir,
D'Aftrée faifant fon office.

Cette vierge honnorable, & pure,
Se tenant affife, & debout,
D'vn bafton opprime l'iniure,
Ayant cognoiffance de tout;
Le Pere d'vne amour extreme,
Sans eftre iamais feparez,
Luy faict prononcer les Arrefts,
Qu'il donne en fa gloire fupreme.

Ie m'approche auec reuerence,
Iupiter me rit, c'eft affez,
Auffi toft i'entre en efperance
Que mes vœux feront exaucez;

Ie luy parle sans auoir crainte,
Ayant mon esprit en repos,
Qui me suggere ce propos,
Pour auoir cette vierge saincte.

Pere sainct, tousiours fauorable
A ceux qui n'ont autre recours
Qu'à ta maiesté venerable,
Pour trouuer en elle secours,
Pere, si ta loy nous commande
Au besoing de te requerir,
Ie ne veux rien plus acquerir,
Que ta fille que ie demande.

Il est vray, Pere, en ta presence,
I'accorde d'vn humble repart,
Que selon la commune offence
Nous n'auons en elle de part,
Mais si les autres l'ont chassee
Estans vicieux & testus,
On verra que par nos vertus,
Nous l'auons à droict pourchassee.

Bourdeaux, qui soubs le iuste glaiue
De ta main se faict redouter,
Releuant de toy, se releue
Entre tous pour la meriter;
C'est doncques ce Senat auguste
Qu'il te conuient fauoriser,
Car la luy vouloir refuser
Tu ne le peux sans estre iniuste:

Encor

Encore pour rendre affoupie
La memoire du temps paßé,
Dans lequel cette race impie
Auoit le droict outrepaßé,
I'adioufte pour dernier refuge,
Que les pechez faicts & commis
Par l'âge de fer, furent mis
Deßoubs la rigueur du deluge.

Iupiter en tournant la face
Vers la face de fon pouuoir,
Que veux tu, dict-il, que ie face,
Ma fille, quel eft ton vouloir?
Ce Mortel fon faict nous propofe
Auec tant de viuacité,
Qui nous oblige en verité
De faire pour luy quelque chofe.

A plus prés c'eftoit le langage
De fa paternelle bonté,
Quand la fille prudente & fage
Pour fçauoir mieux fa volonté,
N'ayant dict cela que par fignes,
Vient deuers celuy qui tout peut,
Et pour complaire à ce qu'il veut
Employe fes graces benignes.

Elle chatouille fon oreille,
Le pere la chatouille außi,
En bonne foy c'eftoit merueille
De les voir tous deux faire ainfi:

H

Apres d'vn defir reciproque,
Prompt & fainct à deliberer,
Ils fe mettent à conferer
De l'affaire qui les conuoque.

Diuinité, que ie reclame!
Ne craignez point de m'accorder
Ce que vous deuez à toute ame
Octroyer fans le demander:
Vous tenez du monde les refnes,
Et foubs le frein de l'equité
Les humains ont toufiours porté
Le ioug de vos loix fouueraines.

Du Ciel la fille genereufe,
Inclinant à mes facrez vœux,
Tefmoigne qu'elle eft defireufe
De faire tout ce que ie veux,
Me voyant d'vn regard propice,
Quand ie luy parle de venir,
En luy faifant reffouuenir
Qu'elle eft noftre mere tutrice.

Non belle non, fi d'auanture
Vous vouliez ces lieux regreter,
Nous en tenons de la nature
Capables de vous contenter:
Comme vos plaines font couuertes,
D'vn azur toufiours paroiffant,
Les plaines du port du croiffant
Où nous irons, font toufiours vertes.

La Lanne , le fleau des ignares,
Et l'appuy des hommes sçauans,
Par l'aspect de ses vertus rares,
Eschauffe les cœurs des viuans;
Mais pour vous il brusle d'enuie
De vous voir, & vous heberger,
Capable de vous proteger,
Par le train de sa belle vie.

Son nom fameux , que les oracles
Ont de tout temps fauorisé
Du seiour de leurs habitacles,
Pour le rendre immortalisé,
Eust alors vne telle force,
Que la force d'vn hameçon,
En attirant de la facon
Astree dessoubs son amorce.

Car aussi tost qu'ils entendirent
Nommer la Lanne, & sa vertu,
Le pere & la fille me dirent,
En vain mortel nous parles-tu
De celuy dont les vertus grandes,
Par suffrages eternisez,
Rendent tes vœux authorisez,
Pour auoir ce que tu demandes.

Ayant gaigné par ma priere
Le bien que i'auois entrepris,
Le plaisir d'vne ioye entiere
Vint à rauir tous mes esprits,

Voyant que la Deeſſe aſtiue,
D'vn allegre contentement,
Du bon-heur de ſon partement,
Aſſeure mon ame craintiue.

C'eſt pour voſtre gloire cognene,
Senateur du tout excellent,
Qu'Aſtree preſſe ſa venue,
Laiſſant le Ciel triſte & dolent;
Vous l'auez ſi fort animée,
Que pour rencontrer ſon bon-heur,
Elle ſuit la voye d'honneur
De voſtre belle renommée.

Ie revere la Deſtinée,
Qui predit d'vn goſier facond,
A l'heure qu'Aſtree fut née,
Qu'elle auroit vn pere ſecond,
On oit par la voix d'vn tonnerre,
Au poinct des ſiecles ordonnez,
Que deux peres luy ſont donnez,
L'vn au Ciel, & l'autre en la terre.

Les Dieux ont auecques les hommes
Vn chemin qui leur eſt commun,
Pour venir du Ciel où nous ſommes,
Et de nous au Ciel, c'eſt tout vn;
Par le chemin que l'on appelle
De tout temps le chemin laicté,
Qui meine à la Diuinité,
Et nous tient vnis auec elle.

La Lanne qui porte vn visag
Desdaigneux contre le trespas,
A receu du Ciel l'aduantage
De viure pour ne mourir pas;
D'vne faueur incomparable
Iupiter luy disoit vn iour,
Que la force de son amour
Le rendoit digne de sa table.

Ce fils adoptif des richesses
Que peu de gens ont merité,
A gaigné par douces caresses
La gloire de l'Eternité;
Croyez moy que ce grand Monarque
Des Dieux, & des hommes aussi,
L'a mis hors de peine & souci
Du tribut qu'on doit à la Parque.

Sa vertu luy seruant de grace,
Charma le souuerain des Dieux,
Aussi tost qu'il eust veu sa face,
Il le porte dedans ses yeux,
Et permet que sous son aisselle,
D'vn amoureux allechement,
Il prouoque l'enfantement
D'Astree la saincte Pucelle.

Vous qui d'vne mole paresse,
Cachez vos testes sous les flots,
Nymphes sus d'vn cri d'allegresse
Chantez nous la Lanne & son los,

Vous qui deuez vne couronne
A son chef de vos lauriers verts,
Muses chantez tousiours ces vers
Dessus les bords de sa Garonne.

SVR L'EXIL DE
THEOPHILE,
AV ROY.

STANCES.

GRand Roy, que nous appellons iuste,
  Appuyez de la verité,
Surmontez la gloire d'Auguste,
Puis que vous l'auez merité;
Non pas en vous monstrant seuere,
Mais benin comme vostre pere,
Vsant volontiers de pardon
Enuers le fol qui deuient sage;
Car c'est Dieu qui donne ce don,
Et qui n'en veut pas d'auantage.

  Si Theophile en sa ieunesse
A commis des excez diuers,
Accordez à sa gentillesse
Qu'elle face encore des vers;

Pourueu qu'il soit purgé de blame,
Et qu'il face voir que son ame
N'est point impie deuant Dieu,
Ny deuant vous, comme l'on cuide,
Pour luy faire changer de lieu,
Tout ainsi que l'on feit d'Ouide.

Sire, sçachez que voftre race,
Deux mille ans apres voftre mort
Mettra l'ire de voftre face
Auec la cruauté du fort;
Et dira ce que dict noftre aage,
De cet excellent perfonnage,
Que Cefar de Rome banit,
Trouuant efgale noftre perte,
(Si Dieu de mefme nous punit)
A celle que Rome a foufferte.

F I N.

www.ingramcontent.com/pod-product-compliance
Ingram Content Group UK Ltd.
Pitfield, Milton Keynes, MK11 3LW, UK
UKHW021736090726
13657UKWH00002B/748